本译著为国家社科基金项目"南非英语小说民俗书写研究"（22BWW065）阶段性成果。

南非文学译丛

与黑共舞

She Plays
with
The Darkness

Zakes
Mda

[南非]
扎克斯·穆达 著

蔡圣勤 邵夏沁 译

深圳出版社

版权登记号　　图字：19-2025-058号

SHE PLAYS WITH THE DARKNESS
Zakes Mda
Copyright © 1995 by Zakes Mda
This edition arranged with Blake Friedmann Literary Agency Ltd
through Andrew Nurnberg Associates International Limited

图书在版编目（CIP）数据

与黑共舞 / （南非）扎克斯·穆达著 ；蔡圣勤，邵
夏沁译. -- 深圳：深圳出版社，2025. 6. --（南非文
学译丛）. -- ISBN 978-7-5507-4271-0

Ⅰ．I478.45

中国国家版本馆CIP数据核字第2025TR0465号

与黑共舞
YU HEI GONG WU

责任编辑　林凌珠
责任校对　万妮霞
责任技编　梁立新
封面设计　朱镜霖

出版发行　深圳出版社
地　　址　深圳市彩田南路海天综合大厦（518033）
网　　址　www.htph.com.cn
订购电话　0755-83460239（邮购、团购）
设计制作　深圳市龙瀚文化传播有限公司 0755-33133493
印　　刷　深圳市华信图文印务有限公司
开　　本　889mm×1194mm　1/32
印　　张　7
字　　数　151千
版　　次　2025年6月第1版
印　　次　2025年6月第1次
定　　价　48.00元

致　谢

献给美丽的马费滕人民：特别献给我的母亲罗斯·诺普梅莱洛·穆达（Rose Nompumelelo Mda）和卡维拉卡其·埃里赫勒（Cwerakazi Elihle），还有我的哥哥泽拉科·穆达（Zwelakhe Mda），感谢他在家庭的艰难时刻挺身而出。

目　录

1. 舞 者

　　你可别被这群人表面的热情开朗所蒙蔽，他们的内心充满了阴郁悲观。曾经有个预言宣称，终有一天这个地方会降临一场迷雾，所有人都将因此而死，而人们只能坐以待毙。这场迷雾拥有自己的心智，它可以随时随地为所欲为。没有人可以阻止这场灾难，即使是传说中那些天赋异禀，可以呼风唤雨、利用这些天灾去消灭敌人的人也难逃此劫。这里的人们内心饱受这个预言的折磨。

　　但他们的生活仍旧充满欢歌笑语，好似这样欢乐的日子永远不会消逝。在暮色中你可以听到年轻姑娘们唱着南瓜歌。这些歌以前只有在丰收的时候才会被唱起，但现如今姑娘们整年都在唱着南瓜歌。有时一些寂寞无聊的少妇也会加入歌唱的队伍，尽管她们的丈夫也许在遥远的矿井中辛苦劳作，也并不妨碍她们欢乐地高歌。即便在寒冬腊月，积雪覆盖，她们也会欢唱南瓜歌并随之起舞。此时一群人因为严寒正满怀焦虑，一步一个深深的脚印赶往远方的棚舍照看牛群，而这里的姑娘们则围成圈，仿佛诚心和大雪抗衡似的，踩着积雪更加卖力地随着丰收的南瓜歌翩翩起舞。

　　她们歌唱着消逝的爱和未实现的心愿；歌唱着被城里的黄

金所吸引、一去不复返的丈夫们；歌唱着棚舍里那些照看耕牛的小伙子已经长大，他们在矿井里找寻着不属于他们的黄金。一位少女步上舞台，脚步轻点混着泥土的积雪，如男人一般低沉的声音悲伤地唱着：

假如我能掌权，

矿井永不再现，

高傲的小伙子们，

如今追在心爱的姑娘身后，

一遍遍求爱告白：

"宝贝儿，宝贝儿，我爱你。"

而我的丈夫，你何时归故里！

当她有节奏地重复这段悲歌时，其他人则拍手附和并不时高呼响应。最后她们一起高呼："来吧，我的女人！"然后放下手臂大笑起来。大家为这段表演自豪不已。

她们可以唱歌跳舞直到晚上。只有黑夜以及其中蕴含的不可名状的恐怖才能驱赶她们回家。如果是满月的夜晚，她们会继续歌舞，好似她们在这世界上唯一的责任就是唱南瓜歌，直到她们愤怒的母亲咆哮道："快回来，你这懒姑娘！你只顾着在雪地里踢踏着小细腿儿，谁来给家里做饭？"事实上，谁也不明白为什么哈沙曼村不像其他村子一样是在日落之前做晚饭，而是到了深夜才开始做晚饭。

蒂珂莎将脚伸入支着锅的三脚架下的余烬中取暖。她刚刚踩着积雪回来，双脚冻得跟石头似的。她的母亲只是看了她一眼，便继续搅拌着锅里的帕帕。帕帕是当地有名的主食，是用玉米粉在沸水中煮成的黏稠的块状食物。母亲早就放弃指望蒂珂莎有朝一日能为家里准备餐点了。蒂珂莎更愿意出去唱歌跳舞，她跳舞跳得特别好。她优雅地舞动着苗条纤细的身躯，身上破破烂烂的裙子也随之散发出高雅的韵味。她长得很漂亮，但不是那种夺目的美，她的美润物细无声。她优雅的舞姿能吸引所有人的目光，但她母亲却经常对此嗤之以鼻："跳舞又不能当饭吃。"

她的美是一种安静的美，就如同她的沉默一样。她从不和别人说话，包括她的母亲和与她一起唱歌跳舞的姑娘们。人们只有在她唱歌的时候才能听到她的声音。她只有在她的孪生哥哥莱迪辛从莱索托低地①回家探亲时才会开口说话。她会真正地聊天，开心地咯咯笑，询问哥哥关于莱索托低地的各种有趣的问题。莱迪辛在那儿上高中，每年只能回来一两次，蒂珂莎沉默了太久，只能时不时地靠高亢的歌声来发泄一下。

莱迪辛和蒂珂莎并不是真正意义上的孪生兄妹。哈沙曼村的人们称他们为孪生子，是因为他们都出生于十八年前。莱迪辛先出生，那时的他是一个活泼的小男婴，深受邻居们的羡慕。在他出生四周后，他母亲将他丢给他的外祖母照料，自己则去了一场舞会。就是在这场舞会上，她又怀上了蒂珂莎。蒂珂莎出生后，她母亲就经常背着两个小孩出门，好像背着双胞胎一样。村里的人们嘲笑她是"单身妈妈"，后来甚至连她家人都这样称呼她了。

当蒂珂莎在烘烤双脚的时候，曲子在她脑海里响起。歌曲

---

① 原文为lowland，因为莱索托国被南非环绕，且地势低，故被称作低地。——译注

经常萦绕在她脑海里，或许这也是她不想说话的原因，因为说话将会打断曲目的演奏。单身妈妈用盘子将帕帕和煮好的卷心菜盛出。她们吃饭的时候很安静，将结块的粥揉成小团放在手心，然后捞起卷心菜，用手将其和帕帕一起塞入嘴里。

吃完后蒂珂莎将空盘子递给母亲，然后站起身来走进一间圆形茅屋，那便是她的家了。她从一堆毛毯中找出自己的毯子，裹在身上，很快便在地板上睡着了。

她梦见第二天她要教给姑娘们的舞步。即便是在教授舞步时，她也从不说话：她只是跳着新舞步，然后其他人跟着学。她的梦里有着丰富的新歌和新舞。当然，她也会做噩梦，最糟糕的噩梦便是梦见一些坏人要偷走她的梦，将她的舞蹈和歌曲拿走，只留下她这具空空的躯壳。对她来讲，这和预言中的迷雾一样可怕。

第二天天气转暖，积雪融化，遍地泥泞。蒂珂莎坐在茅屋的门廊上晒太阳。她可以听到远处姑娘们一路高歌，她们或是去井里打水，或是去黑河的冰水中洗衣服。这些歌曲充满欢乐，但是蒂珂莎并不快乐。她与悲伤密不可分，任由歌唱将这悲伤从她身上剥离下来，孕育它，让它成长，最终悲伤笼罩着她。随后她因此变得颓废，继而发出沉重的叹息，并轻声悲吟。路人们驻足瞧着她，然后又会抛出他们对此一贯同情的话："可怜的蒂珂莎，都是因为她母亲在那场舞会怀上她！"

这个村子像一个幸福的大家庭。相比之下，蒂珂莎的孤独则是她自己强加的。她为自己创造了一个悲伤的世界，并沉溺其中。在她看来，如果没有歌曲或舞蹈，也就没有与他人打交道的必要了。

　　她走在山坡上的芦荟丛中，翻动石头寻找蛇。她一点儿也不怕蛇，恰恰相反，她非常喜欢它们。她坚信任何人都不应该惧怕如此美妙的东西。她玩弄蛇，用舞蹈迷惑它们。她甚至可以控制毒性最强的蛇，例如蝰蛇和眼镜蛇，不过她对暗灰色的蝰蛇并不太感兴趣。她更喜欢色彩鲜艳的蛇，绿色的、黄色的、蓝色的蛇。在眼镜蛇绝望的愤怒中，她快乐地放声大笑。

　　当她玩弄毒蛇的时候，她会将毒液从毒蛇饱经折磨的身子中挤出，将蛇扒皮，在一个蚁丘上挖个洞，将蛇扔入洞中，随后火烧蚁丘，这样她便可以以蚁丘为炉来烤蛇肉了。微风将烤蛇肉的香气吹往不同方向，山那头和草原上的牧童们闻到这气味，马上就知道那个从不和别人说话的姑娘就在附近。微风吹动丛林，带着牧童们走向蒂珂莎。他们放下手中放牧的活儿，挤在她周围。这个从不和其他人说话的姑娘会与他们分享蛇肉。有时候牧童们会从田地里偷些土豆，放在蚁丘里和蛇肉一起烤着吃。

　　村里的人们都觉得蒂珂莎是一个异类，因为她早已过了应该嫁人的年龄。毕竟她已经十八岁了，村子里像她这么大的女孩要么已经结婚，要么去莱索托低地读高中了。即便是那些去读高中的女孩，当她们放假回家，言谈举止俨然一副莱索托低地城里人的派头，还是免不了被村民们称作"老姑娘"。这可算得上是对一个女人最大的侮辱了。

　　但蒂珂莎并不在意这些称谓。她决心按照自己的意愿活在自己的世界里，而这个意愿里可不包括结婚。男友和求爱这些东西在她的世界里不存在。在她看来，男孩是一种愚蠢的生物，她除了与他们分享蛇肉之外再无其他。而在那群男孩眼中，她也只是个能歌善舞并且可以杀死最毒的蛇的姑娘。即使是那些早已到青春期，甚至还在草原上和棚舍中的山羊身上体验过性事的少年，对于蒂珂莎，他们也不会有任何不纯洁的想法。她可以和这些牧童远离村庄，待在山上，但这些牧童能想到的唯一乐趣就是吃鲜美多汁的烤蛇肉而已。

蒂珂莎本可以去上高中的，但是在她以优异成绩通过七年级毕业会考时，她的母亲无力承担学费了。而她的双胞胎哥哥就很幸运了，即便他会考的成绩要逊色得多，但他得到了教堂神父的青睐，由此获得高中学费资助，得以去莱索托低地马费滕的天主教高中就读。神父认为，蒂珂莎毕竟是个女孩，这就注定她将来要找一个好男人在教堂结婚，从此便过上幸福美满的婚姻生活，而莱迪辛就不同了，即便他的成绩并不出众，但他将来可以为上帝服务。这一切都因为他是个男人。

在那之后很长一段时间，蒂珂莎非常愤怒，这种愤怒针对的是神父，是她母亲，是她的双胞胎哥哥，是她自己，甚至是每一个人。但是很多年过去了，她已经接受了不能去上学的现实。她心里仍保留着在学校时的美好记忆，那时的她可以汲取老师教授的所有知识并且过目不忘，学习对于她来说轻轻松松。当其他学生在为考试挑灯夜战时，她则用一把小鹅卵石玩着一个叫迪科托①的游戏。有时候孩子们会和她一起玩迪贝克②，这是一个类似于儿童棒球的游戏。如果有人带了跳绳的话，那他们就会邀请她一起玩跳绳。一年过去了，有些同学总是想要和她一起玩耍，却仍旧屡屡碰壁，后来他们终于认清了

① 塞索托语。——译注
② 同上。

蒂珂莎是个捉摸不定的人。蒂珂莎并不健谈，但她显然是学校里最快乐的人了。她唯一的遗憾就是从未像其他孩子那样在课堂上晕倒过。几乎每天都有人在学校晕倒，没人知道确切原因，有的人说是阳光太毒，但谁知道呢？

中午的时候蒂珂莎还在太阳下取暖，远方姑娘们的歌声却仿佛在呼唤她，正当她在为如何是好做着心理斗争的时候，飞机飞过她家小屋上空，发出的轰鸣声把她吓了一跳。孩子们在村里上蹿下跳，对着飞机大喊大叫："有糖果吗？我要吃糖果！"

每周三飞机会从莱索托低地的首都马塞卢飞来哈沙曼。这趟航行耗费两个小时，飞机会飞越那些常年被积雪覆盖的高山，还要飞过河流与峡谷，在塞斯纳十人飞机上，乘客们透过窗户可以看到那些小村庄依偎着山谷，被群山围绕。那些村庄的人们从未见过汽车，要想去那些村庄，交通工具只有马匹了。乘客们可以看到牛群、绵羊群和山羊群在棚舍中吃草，棚舍离最近的村子也有数英里①远。从飞机上看，这些物体都只有蚂蚁那么大，山峰从积雪中裸露出来，显得格外阴郁，在一片阴暗的灰褐相间的地皮上只看得到零星斑点的几块绿色。

蒂珂莎对飞机引起的骚动无动于衷。每周三都是这样。飞机降落在机场上，从莱索托低地来的乘客带着他们贵重的行李就这么闪亮登场了。他们中大多数都是有钱人——与批发商谈判成功归来的商人，因马塞卢收到关于农村诊所缺乏医疗资源的抱怨而被派来支援的护士，卖了羊毛大赚一笔的农民，政

---

① 1英里约等于1609.34米。——编注

府各部门的推广人员。偶尔也会有一个南非矿井的移民工人，通常是因为他没有耐心等待大篷货车或者卡车。这些车子搭载莱索托低地的乘客到诸如哈沙曼这样的山里的村庄，因为路况不好，他们耗费很多天才能到达目的地。而有的地方根本没有路，车子必须找小路走。虽然这种交通方式耗时很久，但能到达哈沙曼已经很好了，毕竟有的村庄交通工具根本到不了那里。

赫龙是个跛脚的老头儿，是机场的经理，也是唯一的雇员。此时他正在给五名新乘客检票，随后便让他们登机。他推着装满乘客行李的手推车，将行李放进行李舱内。很快，螺旋桨开始转动，飞机在跑道上开始加速。赫龙看着飞机直到它消失在天边。然后他走进一栋建筑，里面只有一个房间，那儿是他的办公室、卧室、厨房，以及会客室。在这个会客室里他可以与一些乘客聊天，他们在这儿等着自家亲戚带着驴子来接自己并帮忙把行李驮回去。

"纳塔特·赫龙，我可以把这袋卷心菜放在这儿吗？我去找头驴子来把它驮回家。"

"你是谁？噢，我知道了，你是莱迪辛，单身妈妈的儿子。你们这些孩子在莱索托低地待了那么久，我们都快忘记你们的样子了。放心，把你的东西放在这儿吧。"

赫龙心想，这位受过教育的年轻人真是被宠坏了。他不明白为什么这位年轻人这么自命不凡，却又扛不起这么一小包卷心菜，更何况莱迪辛的家离机场并不远。这就是在莱索托低地沾染到的坏习惯。

莱迪辛走向村子，他看到邮局办公室附近的树桩上系着很多缰绳，缰绳那头是一匹匹套着马鞍的骏马。每周三都是这幅景象，飞机一到，哈沙曼和附近村庄的人们就骑着马赶来邮局，来瞧瞧他们在矿井工作的丈夫、儿子、父亲和兄弟有没有写信过来。邮政局局长和他的助手在快速将信件分类，人们在邮局外等着，随后助手会站在邮局门口念出信件上的姓名并登记名单。被点到名的幸运儿们兴高采烈，而其他人则失望而归，但下个星期他们又会等候在邮局外面。一些妻子和父母一年到头每周三都会等在那儿，而她们的丈夫和他们的儿子早已被城里的金矿所迷住，在那儿组建了新的家庭。也有可能矿井塌方了，那就意味着他们死在了地底下。但他们的亲人从未放弃，每周三都会来邮局等候信件。

蒂珂莎看到一个走路膝盖外翻、身形修长的人在往自家走来。她立刻认出那是自己的双胞胎哥哥莱迪辛。她对他的步法再熟悉不过了。在他们小时候，她常取笑他走路像个膝盖会接吻的稻草人似的，因为他走路时膝盖总会相互碰到，好似接吻一般。他的身形现在已经不能被称作稻草人了，因为他身着灰色西装，变得很帅气。她激动地跑向他，扑向他的怀中。

"你怎么只带了个纸袋子回来？"

"因为我只能待到周末。这袋子里装着给你的礼物。我给你买了条漂亮的红裙子。"

"你拿什么买的？你只是个学生，哪儿来的钱？"

"我去年十二月就完成学业了。我现在是个老师，我已经教书六个月了。我在一所夜校教书。那个夜校就在我毕业的高中开班授课。"

"我们什么都不知道，因为你从不写信给我们。现在已经六月了，我们已经……连圣诞节你都没有回来。"

"我现在不是回来了吗？我还给你们带了一大包卷心菜呢。"

单身妈妈见到儿子很是高兴，她已经将近一年没见到他了。在收到那包卷心菜时她简直乐得合不拢嘴，她要去分点儿给她的朋友——邻居多女妈妈，不过对于那些在背后讽刺她和她儿女的人，单身妈妈可吝啬得很。在哈沙曼和这片地区的其他村庄，卷心菜可是很宝贵的，同样宝贵的还有其他诸如菠菜、甜菜根和胡萝卜等蔬菜，这些只能从莱索托低地的镇上购买，而镇上的这些蔬菜是从南非进口来的。卷心菜作为村民们的主要菜品，却没有人能想出办法在村里成功种植它。村民们可以种植玉米、大豆、豌豆、高粱、小麦，甚至是土豆，但没人种得了卷心菜。

2. 孪生兄妹

蒂珂莎站在屋子中央，而莱迪辛则坐在床边的长凳上。她想换上新裙子，可哥哥却拒绝出门避嫌。他一脸坏笑："得了吧，你还有什么是我没见过的。"

"哼，你以为我害怕吗？"她说着脱下破旧的裙子，里面并没有穿衬裙，就这样如同一条蛇一般一丝不挂地站在他面前，只有一串珠链遮住了她的私密部位。她一边嘲弄着娇笑，一边扭动着腰部，小巧的胸部非常挺拔。随后她很快把新裙子穿好，多年没有新裙子的她此时感觉太棒了。她向哥哥展示这条美丽的裙子，亲吻他的脸颊并不住地为这份礼物道谢。

"这条裙子我可以穿一辈子。"

"哈哈，除非你只有几个月可活了，这条裙子以后会褪色会过时的。"

单身妈妈走进屋子，看到蒂珂莎正洋洋得意地摆弄新裙子时愣住了，随后尖叫起来："蒂珂莎，你这样比动物强不了多少！立刻给我脱掉裙子！这要作为你的礼拜服，你已经很久没有一件像样的礼拜服了。"蒂珂莎只是看了她一眼，然后走出屋子。单身妈妈仍在原地喋喋不休，抱怨自己一定是上辈子造了什么孽才会生出这么离经叛道的女儿。莱迪辛在一旁充当和事佬，向母亲保证蒂珂莎并不是什么坏女孩，她只是需要一些理解。这时，多女妈妈的声音在屋外响起。

"嘿，这户人家都去哪儿了？"

"亲爱的，门是开着的。"

"啊哈，单身妈妈，你在这儿啊！我们听说你儿子从莱索托低地回来了，就商量着来看看他。这罐卷心菜的酸菜罐头给你们，拿着吧。"

多女妈妈是个圆圆胖胖的妇女，样貌很显年轻，完全看不出她已经生了十个女儿，甚至已经有了一堆外孙女。她曾经很看不惯单身妈妈这个纤瘦且肩挑生活重担的女人。虽然单身妈妈独自努力抚养两个孩子，但这都是她贪图一夜之欢的结果，她甚至都无法指认出孩子的父亲；而多女妈妈则是规规矩矩地嫁人生子，她的丈夫多女爸爸年轻时在矿井工作，随后也因此发家。他的生活就是与哈沙曼其他靠马驮货为生的男人一起聚餐、翻山越岭去检查棚舍，以及在法庭案件中当诉讼人或目击者。其中，当诉讼人算是他最热爱的消遣项目了。而多女妈妈则是个家庭主妇，时常和邻居一起聊天谈笑。即使她的家庭条件比大多数邻居要强得多，她也从来没有瞧不起任何人。

多女妈妈可不是唯一想见莱迪辛的人，一起来的还有村里其他三位老奶奶。莱迪辛从屋里给她们拿来长凳。其实这些人都喜欢直接坐在地上，但是地面因积雪融化而变得泥泞不堪。一位老奶奶说："真希望这是今年冬天最后一场雪。"另一位则说春天离现在还远得很，现在才六月份，雪还有得下呢。确实，现在的天气早已不像她们年轻时那样，因为年轻人对大自然肆意破坏，天气愈发多变，在前一年的十二月，正值盛夏的

2. 李生兄妹 | 013

时候，这儿居然也下起了雪。

她们几人分了一小块鼻烟，每人都用舌头在没剩几颗牙的牙龈以及嘴唇内侧之间将鼻烟卷起来。莱迪辛带着谦卑温和的微笑站在她们面前，任由她们盘问。他长高了，也长帅了，老奶奶们对这些变化十分惊讶，说单身妈妈马上就会有个儿媳可以帮她分担这些苦差事了。她们感叹莱迪辛是个好男孩，尽管他在莱索托低地已经是个人物，这不，他穿着西装，配上衬衫，打着领带呢！可他没忘本，没忘记生育他的女人。"单身妈妈，你运气真好。我们的孩子都一去不复返了。我们再也没见到他们，连封信都没收过。"一位老太太不禁落寞起来，其他人也点头称是。多女妈妈则说这跟运气可没多大关系，全是因为单身妈妈教育得当，她虽然生活艰苦，但努力工作，抚养孩子长大，教他们尊敬长者并以自己的家乡为傲。

在准备离开的时候，老奶奶们每人给了莱迪辛一枚五分钱或者一毛钱的硬币。他为此深受感动。她们的生活也不容易，瞧，她们的裙子打满了补丁，披肩也都磨破了。其中一位衣服肩膀处的蕾丝都被虫子咬破了。但即便这样，她们仍愿意从自己的生计中挤出最后一点钱来欢迎他回家。如果接受这点钱，他一定会良心不安的。因此他谢绝了她们的钱，相反，他还给了她们一张十兰特的纸币，让她们自己去分，算是一点小小心意。"你们真是太慷慨了，但是我觉得你们可以自己留着这些钱，给自己买点鼻烟或者糖果，我知道像你们这个年纪的老奶奶都很喜欢吃甜食。"

老奶奶们感到自己被冒犯了。她们一边走一边嘀咕，说这个她们看着长大的小男孩已经变了，变得骄傲自大了，变得已经不稀罕她们给的那点钱了。她们有些愤慨："这家伙太目中无人了，已经看不上我们这些穷人给他的钱了。"莱迪辛给她们的十兰特根本阻止不了次日村民们传播流言的速度，他们都在愤愤不平地谈论单身妈妈家的这个目无长者的家伙。当他经过时，他们指着他说："看看是谁来了！这不是那个自大狂吗？"

村民们经常说蒂珂莎只有她哥哥在身边的时候才像个真正的人。她变得开朗活泼，除了唱歌跳舞以外，她甚至还会对其他一些事情产生兴趣。她的日常喜好也有了一些改变。平时，白天大部分时间她都会在她母亲的茅草屋外晒太阳，然后去山腰那儿逗弄蛇，晚上则是她唱南瓜歌的时间。但是现在她会和莱迪辛一起散步，要是他想的话，她甚至可以陪他去拜访朋友和亲戚。

村民们透过门缝窥见兄妹俩手牵手正走在通往杂货铺的小路上，但他们俩并没有进杂货铺，而是转弯走向机场。赫龙正坐在办公室外面看书，可能是在看他最喜欢的福音赞美诗。他们大声跟他打招呼，他也作出回应，并用英语问，难得碰上这么暖和的日子，他们有何打算。他喜欢说英语，尤其喜欢和莱索托低地的人说英语，以此显示他也是有一些学识的。他们回答说只想到处走走，并没什么特别的打算。他向兄妹俩问好后便继续看书。心里却默默地咒骂那个骄傲自满的莱迪辛，显然，赫龙最近跟一些路人闲聊时也听说了莱迪辛对老奶奶们不敬的事。

兄妹俩穿过哈沙曼的下段，那儿大多数房子的墙壁都装饰得鲜艳夺目，妇女们为自己精心制作的壁画自豪不已，而机场那头的上段地区，也就是双胞胎住的那个片区，村民则觉得这些妇女太可笑了，认为她们画在墙外的壁画早已过时。这门手艺是他们的祖母那一辈在黑暗时期练出来，并由自由邦省农场的子民传承的，但这些子民正被布尔人奴役，根本无法好好领会壁画手艺。上段地区的人们自诩为文明的基督徒，应当远离这些异教徒的产物。他们的房子涂上村里灰色的泥土，这和他们本人一样单调乏味。

蒂珂莎走得很慢，时不时驻足停下，赞叹那些鲜艳的装饰。这些装饰冲击着她的双眼，占据了她的情绪，她找不到任何语言来形容自己的心情，只能不住地随着眼前所见而激动不已。她希望自己的家，还有所有邻居的房子都能有这样的装饰。莱迪辛只在一旁耐心地等着她感叹，然后两人再一起并肩前行。他实在不明白这到底有什么看头，看不出这些壁画到底有什么值得自家妹妹如此着迷。不过他早就学会了一件事，那就是不要对她的任何行为感到好奇，因为她永远不会给你答案。

到了村子的另一头，双胞胎下山来到一片草原，牛儿在吃草，牧童在用羽毛演奏音乐。这回轮到莱迪辛为了欣赏牛群而放慢脚步了。他很喜欢牛，他的眼神里有着深深的渴望，内心仿佛着了魔一般跟着激动起来。他很怀念他当牧童的日子，虽然他家里没钱养动物，但他还是和牛一起长大的。在他四岁时，多女爸爸就雇他帮忙照看小牛了，他也得以帮母亲和妹妹挣牛奶和粮食。过了几年，他就能放牛了，他与动物之间的联系也因此建立了起来。他从来没有从后面驱赶过牛群，相反，他一直都是在前面带领着它们。早晨，牛群排着长队，跟着他从多女爸爸的牛舍来到他和妹妹现在站着的这片草地上。当公牛脖子上的铃铛丁零作响时，他的肚子也跟着咕咕叫了起来。那真是他记忆里最美好最令人怀念的乐曲了。到了晚上，他带着牛群回到牛舍，并给需要喝奶的奶牛喂奶。

"如果我继续过那种生活的话，现在说不定都有自己的牧童了。"他这个渴望变得无比强烈。多女爸爸保证过会送他去位于远山的牛舍住，他可以在那里照料那些年龄稍长要永远在那里放牛的牧童。多女爸爸每年会给他一头羊当作酬劳，每五年会给他一头牛，然后牛可以生小牛，莱迪辛就会变得越来越富有了。但在他去牛舍之前，他的人生发生了巨大的变化。有一天，他和村里其他几个男孩去教堂，他很快喜欢上了那个地方。他母亲并不是一个经常去教堂做礼拜的人，但不会干涉儿子对宗教的兴趣。他的教友们是教会小学的学生，所以他也成了一名小学生。起初他母亲是反对的，因为这样的话，他就无法给家里挣牛奶和粮食了，但多女爸爸承诺会继续雇用他当牧童，他可以在放学后和星期六去放牛。不过，他不再是牛舍的全职牧童，所以多女爸爸不会再给他动物当酬劳，但会像以前一样给他牛奶和粮食。

蒂珂莎也坚持要去上学，单身妈妈很乐意可以摆脱她，毕竟她从不给家里帮忙，而是四处游荡。于是双胞胎一起开始了次等 A 级课程，因为莱迪辛想像他的小伙伴一样成为祭坛助手，兄妹俩便被以圣父、圣子和圣灵的名义实施了洗礼，莱迪辛被赐予约瑟夫这个教名，而蒂珂莎拒绝接受玛丽这个名字，坚持使用蒂珂莎，任何教堂都没有权力给她改名字。莱迪辛的教名也很快作废了，因为即便是周日，人们还是习惯叫他莱迪辛。

"嘿，醒醒吧，别梦游了！我们难道要在这儿站一整天吗？"

"蒂珂莎，别这么自私。刚才你在看那些异教徒的房子时我可没抱怨什么。再说了，你急什么？"

"你要真这么喜欢牛的话，当初你就该留下，你就不该去莱索托低地当什么老师。你本可以当一辈子牧童，那样的话说不定神父就会送我去读高中了。"

"我向他们发过誓，我以后会成为一名神父，就算成不了神父，我也会成为他们的兄弟。这才是他们愿意资助我读书的原因。"

"你从没跟我说过这些！"

"如果你发誓成为修女，他们也会资助你读书的。"

"不可能！莱迪辛，我才不会发那些虚伪的誓言。"说着她便哼唱了几小节《玛耶纳》，村里的姑娘通常用这首歌来嘲笑修女以及她们的着装。

他们走在一条窄窄的小道上，穿过牛群，走向黑河边的田野。牧童本来不准他们过去，因为女孩是不准走在牛群之中的，但当他们看清这是那个不和其他人说话、做事随心所欲、从不遵照规矩的女孩时，他们便让她过去了。牛儿们也是很惊讶地看着她，并低头表达不满，但当它们意识到这个女孩是谁后，它们便继续吃草了。莱迪辛内心仍渴望着能放牛。

黑河岸边的大多数田地已经休耕，有的农民很大胆，不但不打算休耕，反而种上了小麦和豌豆等冬季作物，他们的田地也因此仍然是绿油油的。哈沙曼的人们并不太在乎冬季作物，他们绝大多数农耕都是在春季。双胞胎从休耕的田地抄小路向下走到河边。河水很浅，他们很轻易就蹚到对岸。那儿有一个很大的洞穴，花岗岩的洞口就在河水之上。

这是巴瓦人的洞穴，几百年前是古巴瓦人的家。巴瓦人，白人称之为布须曼人，是这片土地的原住民，每天在这儿打猎、耕作和采收水果，幸福地生活了数个世纪，直到被双胞胎的祖先赶走。他们甚至还杀害了一些巴瓦人，与他们通婚的则留了下来。巴瓦人只留下各种洞穴作为文化遗产，洞穴里的墙壁上有精妙绝伦的壁画。这个洞穴是其中最著名的，墙上的画是红色和黑色的，画的都是臀部硕大的人，有的正用弓箭逐鹿，有的正出神地思考着什么。蒂珂莎被其中一幅画深深吸引，画上是一个兽面人身的女性舞者。那种野兽谁也没见过，看上去很野蛮。蒂珂莎把自己看作那个野兽女舞者，准备吞噬世间所有的舞者，吸收他们的力量与活力，起舞直至永恒。

她很不开心，因为有些来访者在一些画作上用白色粉笔写下名字留作纪念，向后代表示自己曾到此一游。洞穴的墙壁，尤其是面向洞口的那面墙，上面潦草地写着各种名字，打扰了墙壁上猎人和舞者的幸福生活。只有里面那些墙上的画作幸免于难，但迟早也要遭此厄运。最让蒂珂莎气愤的是，她还发现了一些来自莱索托低地的大人物的名字，他们来参观巴瓦洞穴的时候也顺手留下了自己的名字，其中甚至还有政府官员的，以及一些时常可以在电台里听到的大人物的名字。他们都觉得用自己那毫无意义的名字玷污这些神圣的作品没什么大不了。

兄妹俩坐在洞穴门口的花岗岩上。当蒂珂莎正入迷地想着画中的舞者时，莱迪辛全神贯注地看着黑河中黑色的河水缓缓流过洞穴。他还记得在他大概五岁的时候，河里有很多鲇鱼。

他那时整日帮多女爸爸照看小牛，有时一个浪花打上河岸，几分钟后河水退去时会留下搁浅的鲇鱼，他便和年纪大的牧童一起抓鱼，然后带回家和母亲还有妹妹一起享用鱼肉大餐。后来政府引进了鳟鱼。这是个新品种，据说可以带来很大收益。这是因为黑河流经一些可供游客钓鱼的度假胜地，那些游客都喜欢钓鳟鱼。后来，鲇鱼还有其他的本土鱼也慢慢地从黑河中消失了。老人说这是因为这些鱼都被鳟鱼吃了。现在鲇鱼宴已经不复存在，孩子们只能从祖母讲的故事里知道这些事情。

蒂珂莎头枕着哥哥的膝盖，莱迪辛手指穿过妹妹的头发，编出一个少见的发髻。她修长的双腿伸向以前放炉子的地方，双脚把玩着以前燃烧剩下的灰烬。尽管这是数百年前留下的灰烬，但还是很温暖，好似煮沸的锅才移走一个小时。蒂珂莎知道这是时间赋予的温暖，并且这温暖永不会消散。她哥哥在给她编好的头发中居然发现了一窝幼虱，赶紧用指甲刮下，对妹妹说：

"蒂珂莎，你已经十八岁了，应该像其他女孩一样做个淑女，至少要定期梳头吧？"

"你要是愿意就自己去当淑女吧，我想当的是野兽女舞者。"

"那是什么？"

她没有回答，只是笑她哥哥的愚蠢无知。

"一个淑女是不会穿着新裙子在灰烬上打滚的。"

"这是我的裙子，我穿着它想干吗就干吗。"

"你应该听母亲的话，周日才穿这件裙子。"

"得了吧，她只是嫉妒你给我买了裙子，却没给她买什么。"

"才不是，我可是给她带了一大包卷心菜！"

"呵呵，亲爱的哥哥，关于女人，你可有得学了。对女人来说，卷心菜能跟衣服比吗？再怎么异想天开，卷心菜也不能穿在身上。"

"好吧，我记住了，下次不会这样了。但是，周日我们去教堂的时候你穿什么？"

她又笑起来，随后告诉哥哥自从神父们剥夺了她继续学业的机会后，她就再也不去教堂了，反正也没有去的必要了。当其他人都在歌颂圣灵时，她就去山腰玩那些光滑鲜艳的小东西。

"你知道吗，蒂珂莎，你很让母亲担心？"

"那她就应该回到那晚的舞会，别让自己怀上我！"

莱迪辛没有理睬这句话。以前，每当蒂珂莎生母亲气时就会这样说，他耐心地向妹妹解释说，她不应该怨恨神父不送她去上学，他们没有这个义务。毕竟那是他们的钱，他们有权决定怎么花。蒂珂莎反驳说她根本不在乎那些神父怎么花自己的钱，他们要是愿意，也可以和莱迪辛这样的密友一起把钱吃掉，只是要当心别噎着自己。她憎恨的是他们否决她只因为她是个女孩，哪怕她是那所小学里史上最聪明的女孩，胜过任何男生。那个时候山里的人们已经不那么重男轻女了，他们宁愿把牛卖了也要送女儿上学。莱迪辛也说你可以去国内任何一所高中看看，你会发现女孩比男孩多。因为很多男孩都去棚舍照看小牛了，长大了又要去矿井工作。但是他坚称，即便神父没把她送去读高中这件事做错了，那也是人之常情，神父也是人，是人都会犯错。蒂珂莎并不能以此作为反对教会的借口，更不能因此憎恨上帝。

蒂珂莎知道那些人有多不靠谱，他们不仅剥夺了她上学的机会，还把自己的名字随意涂写在巴瓦洞穴的墙上。这中间还有一些福音派官员，他们顶着教士头衔，却丝毫没有感到羞愧。在她眼中，这些人就是一群文化艺术遗产的破坏者。

他们回家的时候，夜幕已经降临。蒂珂莎想，和哥哥在一起的时间真是过得太快了。这就好像周六下午做过的一个美梦，梦里他们坐在巴瓦洞穴那儿闲聊，但更多的是他们安静地聆听着黑河流过的隆隆声，以及微风传来的远方洞穴深处原住民们的窃窃私语。当然，他们还聊到了米丝蒂，莱迪辛想知道她在哪儿，过得怎么样。他暗恋那个来自哈沙克的姑娘，但他没有勇气靠近她。他希望蒂珂莎可以替他跟米丝蒂聊天，但不敢保证蒂珂莎会照做，因为她不喜欢和哥哥之外的人聊天。

经过机场时，一个男人踉跄着朝他们走来。他刚从一家小酒馆出来。"嘿！嘿！莱迪辛！"他大叫着。只有莱索托低地的人才会用街头俚语打招呼，而且把他的名字英语化。

"大晚上的，是谁在叫我？"

"你看不见我吗，老师？是我啊哥们儿！"

"噢！是黑巧克力啊！"

是他，城里的花花公子，黑巧克力。这是他踢足球时别人对他的称呼，所有人都叫他黑巧克力而非他的本名或教名。他为马塞卢的一支甲级球队效力，经常出现在报纸杂志上。他还为国家队踢球，在毛里求斯、喀麦隆等国家也小有名气，成了自己国家的代表之一。每到周六、周日，人们挤在收音机前收听体育节目，当他运球拿下了很多分时，他们便大声唱起他的名字："噢，黑巧克力！"他是个名人，他的家乡——哈沙曼的村子也以他为傲。村民们极力吹捧他，声称即便哈沙曼有机场、诊所、邮局、杂货铺，这些都比不上他们有个国家明星，黑巧克力。

女孩们都为他狂热，但他并没有多少时间留给这些乡村少女，也没什么时间留给城里的上层社会少女，尽管她们常常想跟他合影，以便有机会登上杂志的社交版块。他被曝光和一些选美世界小姐在一起，但事实上他唯一爱的是蒂珂莎。可惜蒂珂莎没空搭理他，并且总在他试图表现自己的时候态度生硬粗暴。正如此时，他们站在那儿，莱迪辛问他周末在村子里打算干什么，他回答说这个周末没有比赛，所以打算来村里看看老人。蒂珂莎只拉了一下哥哥的袖子，说："莱迪辛，走吧，外面太冷了，我们难道要在这儿站一整夜吗？"是的，这儿确实很冷，而且双胞胎兄妹都没有穿厚衣服。毕竟他们去巴瓦洞穴的时候天气还很暖和，而且他们也忘了冬天太阳落下后就会有大风。但黑巧克力知道蒂珂莎想离开并不只是因为天气冷，更是因为他。

他们就这样把他一个人丢在那儿站着，他嘴里嘟囔着抱怨现在的女孩，说她们都不知道什么才是对自己最好的，他终有一天会得到蒂珂莎的，哪怕要追她到天涯海角，他也不会放弃。他打算用一个古老的方法，"保险别针"：如果有谁害了相思病，就把一根保险别针放在他求而不得的姑娘最近小便的地方，她立即会不再冷落他，相反，她会低下高傲的头颅，狂热地爱上他，并开始追他。对男人来说，保险别针比任何爱情药水都有效。当然，这对女人也适用，她们也想抓住男人的心。这一方法甚至比苦恋的人从德班邮购商店购买的"追随""求爱"以及"倾心"等品牌的药水都灵验得多。

但最大的问题是蒂珂莎只在厕所里方便。那个厕所是莱迪辛为自家建造的，就是为了让家人不要像那些家里没有厕所的人一样去芦荟丛后面方便。黑巧克力期望可以逮到她在外小解，说不定她会去田地里方便呢！那儿没有厕所，女人们去锄地或是收获玉米时，要方便的时候便会蹲在田间的小路边解决。但是蒂珂莎从不去田间劳作，即便是在莱塞玛期间，村民们组成互助小组一起耕种或收获时，蒂珂莎也不会现身。而且黑巧克力大多数时间都在低地地区，无法跟随蒂珂莎。但他不会轻易言弃，他向朋友们展示着他的保险别针，信誓旦旦地说："我早晚会得到她的。"

3. 1970年政变

电台正播放着马霍特拉女王组合的《莱布阿万岁》，已经不知是第几遍了。莱迪辛一边咒骂一边狠狠关掉收音机，这首歌他都听腻了。自前一天政府中止执行宪法并宣布国家进入紧急状态后，电台除了这首歌之外什么都不能播，这首歌霸气地宣称不论民众接受与否，莱布阿就代表政府了。

起初没人相信政府会疯狂到宣布进入紧急状态，因为只是掌权的国民党在选举中输给了国大党而已。谁料国民党拒绝移交政权，反而命令警局包围国大党，并将其领导人关进马塞卢的高度戒备监狱，继而宣称选举结果无效并将继续掌权。人们认为这一切就是个大笑话，荒谬至极，并说这种状况不会持续多久，因为暴乱会愈发严重，并最终会推翻不讲民主的国民党。所有人都知道这场政变是由罗奇和欣德马什这两个白人官员操纵的，他们是西方势力渗透到政府中的帮手。他们俩建议莱布阿总理不要移交政权给"一个支持共产主义的反对党"。百姓们时刻关注广播电台，期望可以听到关于政变失败、反对党掌权组建新政府的消息。但他们听到的只有马霍特拉女王的那首老歌，以及莱布阿总理周期性宣布国家进入紧急状态的声明。他声称这一举措要大范围实施，且晚上六点至早上六点要实施宵禁。

莱迪辛对此嗤之以鼻：这些措施简直太愚蠢了，这不就是把人关押在自己家里吗？他在自己凌乱的一居室公寓里疯狂地寻找几本书。他掀开毯子，发现下面藏有一本书，一定是他在前一晚读书时睡着了把书忘在那儿了。他从没有整理过床，因此任何东西藏在毯子下都不奇怪，通常都是东西丢了一个星期之后才被找到。第二本书是在普里默斯炉子和一堆脏盘子之间的小桌上找到的。莱迪辛只有在需要用盘子的时候才会想到洗盘子。他对这种生活没有丝毫不满，相反挺为此骄傲的：这才是单身汉的生活啊！

但莱迪辛相当在意自己的仪表，经常把自己打扮一番。虽然衣服并不多，但他穿的那几件一定是干净且熨烫好了的。衣柜中他最喜欢的是那件挂在墙上的灰色西装，那是他两年前回山里探望家人时从特价商店里买的，还是分六个月付款的，但他并没有付清，并对收到的无数张催款通知视而不见；其次就是他身上穿着的黑色喇叭裤，这条裤子带有一条很锋利的褶皱，几乎可以斩断一只苍蝇腿。他还穿着深褐色的厚底鞋、免烫衬衫以及一件人造革夹克，鞋子干净得光亮可鉴。这也是他引以为豪的单身汉生活！

在他租房的那个公寓区边上，有一家咖啡馆，叫白色咖啡馆。莱迪辛买了两根乐富门牌香烟，他在夜校教书的微薄工资连一整包香烟都负担不起。乐富门牌香烟与列克星敦或金元牌香烟不同，后者一包有十根香烟，前者一包则有二十根。若买整包，他在白色咖啡馆的日常开销将不太好控制。这样的生活平淡无奇，但好歹比他期望的要好一些。

走出咖啡馆后，他穿过马路走进天主教管辖区。在大门口，一群妇女身着黑蓝相间的制服正在讨论紧急状态，她们是妇女公会的成员。莱迪辛知道教堂是支持政府拒绝移交政权给那些"目无上帝的共产党"的，连牧师在四处布道的时候也会宣传这一点。但莱迪辛本人对此没有任何看法，不论结果如何，他只想本本分分地教书，如果能马上有份更好的工作就再好不过了。他向那些妇女打了个招呼，然后走过教堂，来到后面的一栋教室，他的大多数学生都到了。已经五点半了，他开始上课，这节课讲的是主句和从句。

七点半下课后，他爬上学校后面通往哈罗默克勒的山丘，那是马费滕最热闹的地方。尽管早已过了六点，泥泞的街道上还是人来人往，他们根本不在乎宵禁令。莱迪辛走过小酒馆，男人们有的在那儿喝得烂醉，有的坐在门廊玩骰子。空气中混杂着小便、自酿啤酒以及煮羊头和马肉的味道。酩酊大醉的妇女们骄傲地以荡妇自居，都声称自己阅男无数。她们看到莱迪辛时，不住地冲他吹着口哨，嗲声嗲气地邀请他来与自己共度春宵，甚至毫不害羞地吹嘘如果他能如她们所愿，她们一定会让他臣服在自己的石榴裙下。他对这些女人的勾引视而不见，径直走进科博克万夫妇的红房子小酒馆。

这是一家高档一点儿的小酒馆，只出售欧洲酒，而不像周围其他酒馆还出售自酿啤酒。红房子的主人是一对夫妇，曾在天主教区教书，莱迪辛教书的夜校也是他们办的。科博克万老先生看到那些没通过中学毕业考试的学生无处可去的困境，决定开一所夜校，随后与神父商量租用一间教室，晚上开班上课，他只象征性地交点租金，学生便可报名补习，再参加之前没通过的科目的补考。马费滕的一些成年人，其中大部分就职于政府，听说天主教区开办了夜校，也报名参加了补习班。起初他们不知道这是科博克万开设的，后来知道了，觉得那并不重要，"重要的是人总要拿个文凭讨生活啊！"莱迪辛获得天主教区高中的教育证书后，科博克万就聘用他在夜校教英语。虽然莱迪辛高中时期英语成绩很差，甚至不及格，不过现在看来，那也不重要了。

莱迪辛坐在一伙老主顾之中，向科博克万夫人点了一杯酒，然后从桌上拿起一杯掺了白兰地的马爹利，一饮而尽。这是红房子里的规矩，老主顾们大多是老师、公务员和警察，他们都会分享酒水。

圆球警官是一个矮胖的地区警察指挥官，是这桌的焦点。他把随身配枪拿出来放在桌上，所有人的目光都被这个新鲜玩意儿吸引住了。"这叫乌兹自动枪，以色列货！"他吹嘘道。他向大伙儿展示了如何拆卸和组装这把枪，那是他大清早刚学会的。他感叹，时代不同了，警察已经不再是用来维系和平的了，政府已经命令他们杀死任何想反对紧急管理条例的人。

接着他又吹嘘起来："现在好多了，不像以前，在逮捕犯人时稍微使用一点儿武力都有可能被起诉。"人们都笑了，脑子里想象着面目和善的圆球警官杀死一只苍蝇的画面。特鲁珀·莫所伊想知道他们这些初级治安官是否也会配备这么棒的武器，现在他们这些骑兵配备的是战前用的笨重的303式手枪，他们用这个来驱赶偷牛贼。莱迪辛笑道："得了吧，莫所伊，你拿这么好的手枪能干吗？当心打到你自己的脚！"大家都跟着笑了起来。莫所伊总是大家开玩笑的对象，因为他不仅是在座的常客中最年轻的，而且长得非常好看。你肯定猜不到，他和莱迪辛年龄一样大，但莱迪辛因为身形修长，看上去要年长一些。在座的人都说特鲁珀·莫所伊长得太漂亮，不当女人简直可惜了，并开玩笑说："你应该庆幸你不是在监狱或者矿井里，要不然一定会被那儿的人侵犯的。"

莱迪辛又为自己点了一瓶帕阿尔珍珠葡萄酒。每月末，科博克万会清点莱迪辛当月喝了多少白兰地和帕阿尔珍珠葡萄酒，然后从他工资里扣除。大多数时候，他的债务使他入不敷出，因此他只能求科博克万预支部分薪水，使他可以付清白色咖啡馆的香烟钱以及特价商店的衣服欠款。科博克万夫人将帕阿尔珍珠葡萄酒放在桌上，在座的都不反对将白兰地和葡萄酒混在一起。

"他在哪儿？那个混蛋在哪儿？"外面响起刺耳的女声。大家都不禁微微发颤，他们知道那是谁。人们都同情地看向特鲁珀·莫所伊，随后又无奈地摇摇头。唐珀洛洛踢开酒馆的门冲了进来。她是特鲁珀·莫所伊的妻子，长得高大美丽，圆润的身材遗传自她生活在山里的母亲多女妈妈，但肤色要更深一些。

"你只顾和这些狐朋狗友在外面鬼混，都不在乎我在家连饭都没得吃！"

"宝贝儿，求你了，千万别这么说。你说的这些狐朋狗友里有一个可是我上司，来，坐下来，我们一起喝一杯。"

"别叫我宝贝儿，你这个混蛋！你只知道你上司，去你的上司，我才不管这些！还有你，圆球警官，你都一把年纪了还这么不懂事，有哪个地区指挥官像你一样和这种游手好闲的人在一起，这么晚了你都不知道叫他回家吗？"

"行了行了，我可不想掺和下属的家庭纠纷。"

"哼，我要让你看看我是怎么处理这个家庭纠纷的。你身为上司可要注意一点，不然下次等我揍死他的时候看你还会不会袖手旁观！"

唐珀洛洛跳向莫所伊，双手猛掐，随后把他甩在地上，骑在他身上，拳头如雨点般落在他脸上。有人看不下去了，在一旁替莫所伊求情："行了，唐珀洛洛，别这样对他，他毕竟是你丈夫。"最后是科博克万夫人救下了特鲁珀·莫所伊，她在卧室听到莫所伊杀猪般的惨叫，连忙跑出来，温柔地将唐珀洛洛扶到一旁，严肃地训斥道："你早晚有一天会打死他的。到时候看你上哪儿找对你这么好的男人！"

当唐珀洛洛揪着莫所伊的耳朵回家时，莫所伊哀求道："亲爱的，你如果真的想打我，能不能回家再打。这儿大庭广众的，你这样做会让我成为笑柄的。"

唐珀洛洛一巴掌扇过去："亲爱的？你这种废物也配这样叫我？"

他们这副样子穿过人群，旁人或目瞪口呆，或捧腹大笑，不过人们早已习惯这种场面了。唐珀洛洛可是出了名的爱打老公，每天都会因为一些鸡毛蒜皮的小事对丈夫拳脚相加。莫所伊心想，现在已经过了晚上九点，怎么街上还有这么多人？他们难道不知道六点开始要宵禁吗？

次日，莱迪辛被一阵急促的敲门声惊醒。他头痛欲裂，头晕目眩，脑袋还嗡嗡作响，这是喝了太多帕阿尔珍珠葡萄酒的后果。更糟糕的是，他把帕阿尔珍珠葡萄酒和白兰地混着喝，结果醉了一宿，情况就更加糟糕了。

"这么早……是谁在敲门？"

"早？这还早吗？现在已经十一点了！莱迪辛，开门啊！"

黑巧克力身着华服站在门外。据说他从不在本地买衣服，而是在约翰内斯堡的凯斯邮购商店、曼哈顿邮购商店和美国邮购商店买，或是从开普敦的查尔斯·威尔克斯商店买。那天早上，他戴着八角帽，身穿双边剪裁、双排荧光扣的海军蓝上衣，灰色扣子的宽松长裤，还有克罗凯特琼斯鞋子，褐色的领带塞在开领涤纶衬衣中。他走进房间，找了一个地方坐下，屋子里太乱了，所以他小心翼翼的。

"我的天，伙计，这个点你还在睡觉？我还以为这儿还有别人呢，没想到在这么一个美女云集的镇上你还孤身一人。"

"我昨晚熬夜了。你呢？今天是工作日，你怎么来我这儿了？"

"我只是恰好路过，然后想着可以给你看看我新买的车。"

莱迪辛刚好方便完，透过帘子看到黑巧克力在阳光下一身蓝色，如同一个骑士。他顿时尝到了嫉妒的苦涩。辛辛苦苦取得文凭的人连像样的饭都吃不起，而一个中学毕业证都没拿到的蠢货却买得起那样的豪车，只因为他会踢那种无聊的充气皮球。公平何在啊！黑巧克力提议两人一起去兜兜风，莱迪辛欣然应允。有何不可呢？这样的话，马费滕的人就会知道他莱迪辛有一个开豪车的朋友。而开豪车的不是别人，正是大名鼎鼎的黑巧克力！

"我希望你可以告诉你妹妹我买了辆车。"黑巧克力一边说着一边演示如何变速。他很遗憾不能开车回家乡，因为只有货车和大型四轮车辆才能到得了那里。但他给家里的老人寄去了车子的照片，"我也会给你一张我车子的照片，请你一定要给蒂珂莎"，他请求道。

莱迪辛大笑："你又不是不了解她，她根本不会在乎。"

"你怎么知道她不在乎？她从没见过车子。"

"我有一次给她买了本《博纳》杂志。她对这些并不好奇，只是说这比她之前看到的给诊所和杂货铺送食物的货车要小得多。"

"听着，莱迪辛，帮我个忙。我给你钱，你去给她买张车票，让她来看看你。那样的话她也会看到城市是什么样子，也就知道按照城市的标准，我是个很好的对象。我有一辆豪车啊，莱迪辛。她还想要什么？她还有什么不满足的？"

"黑巧克力，我了解我的妹妹，她不会来莱索托低地的。嘿，你还没告诉我你打算怎么花这些钱呢。"

黑巧克力说，自从他换了个球队之后，他的收入也增长迅猛。他后来效力的是马塞卢联队，这个球队的老板是一个富有的商人，还拥有一家酒店、一家餐厅和很多商店。别的甲级球队的队员必须兼职才能养家糊口，马塞卢联队不同，它的队员都是全职球员。球队老板对手下队员特别大方，他们可以住在他旗下的酒店里，住宿餐饮费用全免。除此之外，他们还可以有固定薪资，可以免费任意挑选他旗下商店里的衣服。当然，黑巧克力不在老板的商店里买衣服，因为他只穿那些进口货。他说自从他开始接广告，只要他在广告里随便称赞某品牌白兰地口感顺滑、功效特别，收入就足够他买一辆豪车了。他还在杂志上称赞了一种除臭剂和一些别的东西。在广告里，他在激烈的比赛之后用了那种除臭剂，大把的女孩被香味吸引追随而来。此时，莱迪辛下定决心，他再也不想当一辈子老师了，他不想一辈子被困在贫穷之中。他要去寻找合适的职业，他一定会赚大钱的。

"莱迪辛，如果你能邀请你妹妹来莱索托低地，我可以帮你追到米丝蒂。她可是我老乡呢，我可以联系到她。"

"米丝蒂！她在哪里？你又不是不知道我已经两年没去哈沙曼和哈沙克了。"

"你不知道吗？她在爱尔兰攻读医学学位，要成为医学实验室的技术员。如果你保证能让蒂珂莎来你这儿，我就把她的地址给你。"

"先给我地址。"

"不，先让蒂珂莎来你这儿。"

"不，先给我地址。"

车子开回公寓外，莱迪辛下车后，黑巧克力又开去马塞卢了。下午，莱迪辛给米丝蒂写信，他写的不是情书，他不能冒昧到在第一封信中就向她表达自己的感情。他在信中谈到政变和国家紧急状态，谈到自己有了教师这份不错的工作，也希望她学业有成。他写道，他知道她会成功的，当她完成学业后，她会成为哈沙克仅次于黑巧克力的骄傲。在信的结尾，他写的是"你亲爱的朋友，莱迪辛"，希望这个"亲爱的"能提示她这不是一封兄长般亲切问候的信。他保证，下一封信他会表现得更亲密。

五点半的时候，莱迪辛如往常一般穿过马路去夜校，但那儿一个学生也没有。另外两名教师，教地理的老教师马科勒和教数学的年轻女教师辛西娅，站在教室外面讨论为何学生都没有来，最后决定再等一会儿，希望有学生能够赶来。辛西娅猜想："会不会是学生们闹罢课？"学生们总抱怨自己花了高价钱，却没有得到"合适的教育"。有时候老师没有来上课，这种事情常常发生在月末，或者是周一自己受宿醉影响的时候。但最近并没有经常发生这种事，因为科博克万先生威胁道，他们如果不认真履行自己的职责，就不能在他的酒馆中赊账了。尽管他们觉得自己的报酬过低，去学校不积极，但这一威胁让他们开始守规矩了。之后几个星期，他们都按时到校教书，学生也就没有理由罢课了，而且他们也不会在没有向科博克万申诉的情况下就罢课的。毕竟，他们大多数是有家庭责任的成年人，不会不按套路出牌。不，这绝不是罢课。

六点半了，还是没有学生来，莱迪辛和他的同事决定去红房子跟科博克万商量一下这件事。他们刚走出管辖区的屋子，就差点被闪光灯晃瞎了眼。马科勒突然跑了，随后一声枪响，莱迪辛和辛西娅立刻站在原地不敢动。不一会儿，马科勒被抓了回来，只听到另一声枪响，他倒在了地上。莱迪辛想走近看看，一鞭子抽打在他背上，"站住不许动！"四名警察正对着他，其中一名冲着他吼道："你想跟这个老蠢货一样被打死吗？"

"这个时间点你们在外面干吗？不知道宵禁令吗？"第二名警察拿着手电筒照着他们，他们认出这个声音是红房子的一位老主顾的。果然，站在他们面前的是特鲁珀·莫所伊。

"嘿，是我们啊，朋友。我们只是刚从学校出来。"莱迪辛说。

"宵禁许可证呢?"

"宵禁许可证?我们不知道那是什么。朋友,是我们啊,你在红房子的老朋友。"

"你叫谁'朋友'呢?你有什么资格跟威严的政府中的治安官称兄道弟?"

莱迪辛不敢相信自己的耳朵,这绝不是他所认识的红房子里的莫所伊。他正想着,两个警察抓住辛西娅,说:"小姐,你跟我们走,让我们在警车里给你好好上一课。"莫所伊和第四名警察则在狠狠鞭打莱迪辛。他尖叫着赶紧跑开,那两人在后面边追边打,直到莱迪辛跑进自家公寓的院子里。

莱迪辛满腔怒火,他全身鞭痕,衬衣紧贴后背。当他把衬衣拉下来的时候,伤口裂开了,开始流血。他哭喊着,不是因为伤口带来的疼痛,而是要释放胸腔中的怒火。他不会放过莫所伊的,他要把这些惨无人道的罪行告诉圆球警官。他从没想过人可以那样恶毒,而且还是莫所伊那样的人!他不知道马科勒是不是死了,不敢想辛西娅在警车里会有什么样的遭遇。此时的他睡不着觉,满脑子想的都是自己的妹妹,他多希望蒂珂莎可以在这里。她不用做什么,只要她在自己身边就行。他哭了一整晚。

次日早上,莱迪辛去警察局投诉。坐在桌子后面的女警察想知道他那个时间点在街上干吗,难道不知道宵禁令吗?"你违反了宵禁令,现在还自己送上门来了,这倒替我省事儿了。你信不信我可以把你扔进牢房关一辈子?不过,我这个人很善良,所以趁我决定把你关起来之前你最好赶紧消失。"她狡猾地眨了眨眼。

莱迪辛赶紧跑出警察局，径直走向红房子。科博克万看到他，说："我还在想你什么时候会来。"他告诉了莱迪辛另外两名教师的遭遇：马科勒的尸体于早上在学校被几个小学生发现；至于辛西娅，她被那些警察袭击并轮奸，然后被丢下车等死。在跌跌撞撞回家的路上，她又碰到另一伙巡逻警察，他们又以违反宵禁令为借口毒打了她。现在她正在医院。"学生不会再来上课了，因为警察也打了他们。"科博克万忍不住痛哭起来："我们别无选择，只能关闭学校。"

莱迪辛那毫不关心政治的内心第一次被政变烙上了痕迹。他的两个同事，一个死了，一个正在等死，他自己也丢了工作。他的房租该怎么办？他感到整个身子麻木，膝盖发软，双手捂脸，绝望极了。

科博克万请他喝了一瓶帕阿尔珍珠葡萄酒，他毫不犹豫地灌下去，然后一瓶接着一瓶地喝，喝得晕晕乎乎的，心情也变得好起来。突然，他大笑起来，笑了很久，直到眼泪涌出来，然后又大哭，终于，他不哭也不笑了，只顾着把酒当水往肚子里灌，最后一头倒在桌子上，打起呼噜来。

睡醒时，他发现石蜡灯已经点亮，有些老顾客正围着桌子喝酒。圆球警官也在那儿，还有莫所伊，这景象就像以前一样。莱迪辛摸摸自己身上的鞭痕，不，这怎么还能像以前一样呢？他站起来，跌跌撞撞地向圆球警官那桌走去，指着莫所伊，向圆球警官大声控诉："他们杀了我的同事马科勒！"

"你说谁杀人了？"圆球警官漫不经心地问道。

"莫所伊和另外三名警察。"

"你能指认他们吗？"

"不能，我不认识他们，我只知道莫所伊也在场。"

"谁扣动的扳机？还是他们一起扣动扳机的？"

"我没看到，天太黑了。"

"那就不要做出错误的指控了。如果你坚持毫无根据地指控，最终只会害了你自己。来吧，不要犯傻了，跟我们一起喝酒吧。"

说着，圆球警官给莱迪辛倒了一杯白兰地。莱迪辛打了一个冷战，拿起酒喝起来。听到外面有女人惨叫时，他又颤抖了一下。那粗重的皮鞭仿佛是打在他身上似的。很快，他们就听到哈罗默克勒哀声四起。莫所伊解释说，那是警察巡逻队冲进酒馆，拿着皮鞭在赶顾客回家和家人待在一起，因为宵禁早已开始。他安慰莱迪辛："不要担心，老师，他们不会来这儿的，因为这是圆球警官的地盘。"再没人拿莫所伊开玩笑了，这让他很享受。他又给莱迪辛倒了一杯酒，说："喝吧，老师，开心点，谁知道明天我们是不是还活着。"莱迪辛畏缩了一下，然后灌下整杯酒。"你看，有个当警察的朋友就是方便，就算在宵禁时间，你也可以坐在酒馆里喝酒。"莫所伊得意地说，显然为这样的生活感到激动。莱迪辛却为他的这份激动而恶心。他站起来，想开门，科博克万想去帮他。科博克万夫人本来是要帮忙把莱迪辛扶到房间休息的，可圆球警官发话了："把他送回家吧，他可是我们的朋友。"

莱迪辛在门边吐了，莫所伊和另外两名警察把他拽到门外，扔进警车，然后莱迪辛便昏睡过去了。车子开得很快，一群小孩儿正在自家门口的街道上玩捉迷藏。"这些小捣蛋鬼在宵禁令开始后还出来干吗？"一名警察抱怨道。随着刺耳的刹车声，莫所伊和同伴们拿起鞭子跳下车，对着孩子们就是一通挥舞。孩子们狼狈地四处逃窜，尖叫着求饶。警察大笑着回到车上，继续向莱迪辛家驶去。到了他家，他们帮他把衣服脱掉，叠得整整齐齐，放在椅子上，随后把他扶到床上，给他盖好被子。他打着呼噜，进入了梦乡。莫所伊开玩笑说："我可要把他照顾好，他可是唐珀洛洛的老乡。"他们打开放在普里默斯炉子上的砂锅，吃光了他的帕帕和牛排，然后跟他道晚安，祝好梦，消失在夜幕之中。

接下来的日子是人们有记忆以来最糟糕的。仿佛还处在迪法肯时期[①]，一些食人族统治着居住区，此刻的邻里可能是你下一顿晚餐。他们热切盼望情况会好起来，自由美好的生活终将回来。可事实上情况并没有好转，反而越来越糟。一些丑陋的东西被释放出来，隐藏在人们内心从未被发觉的一种丑陋，此时正肆无忌惮地暴露在阳光下。人们感到震惊，因为他们从不知道幸福快乐的自己身体里隐藏着这种丑陋，它悄悄等着，只要有一点挑衅就会爆发。早上他们起床，向邻居微笑，用这种一成不变的打招呼方式：……爸爸妈妈，祝你们一切安好……孩子，祝你们一切安好……老人家，祝你们一切安好……美丽的人们啊……还有你们，鳄鱼、狮子、兔子、猫、河马、大象，祝你们一切安好……还有你们，东方的图腾，还有大树、赭石……还有莱索托的孩子们，你们一切安好！他们毫无感情地打着这些毫无意义的招呼，但因为支持的党派不同，兄弟

---

① 指1815—1840年非洲南部土著民族之间大范围的混乱及战争时期。——译注

姐妹之间也会反目。他们有的人支持国大党，有的人支持正在掌权的国民党。国大党的一些领导人逃离祖国，流亡至邻国博茨瓦纳。在这场战争中，甚至连教会也选边站了。天主教会支持的是国民党，而新教徒，尤其是福音派信徒，支持的是国大党。

马费滕是莱索托低地受创最严重的地方，因为这儿的大多数居民拥护国大党，警局派人去惩治这些居民。上司认为圆球警官太软弱，于是换了个新指挥官博迪安。他从马塞卢调过来接管这个小镇以及马费滕的村庄。他带领手下将那些疑为国大党拥护者的全家杀掉，并将那些人的村庄夷为平地。圆球警官唯恐退休金不保，也参加了其中的一些行动。

这次政变让莫所伊感到了自己的重要性，也尝到了受人尊敬的滋味。在百姓眼中，这位帅气的警官在众警官之中格外出挑，突然马费滕所有人都惧怕他，而他自己也很享受这种感觉，于是成了博迪安的得力干将。他们时常在酒馆里比赛，看谁飞镖瞄得准，博迪安经常赢。当然，顾客们也都纷纷举杯祝贺。人们这样做，也是为了保护自己，避免因违反宵禁令而遭到鞭打，这样讨好博迪安为的就是可以畅饮到午夜。失业了的莱迪辛已经抛弃自尊心，仗着特鲁珀·莫所伊慷慨给他的豁免，每天都去红房子喝到麻木。

莫所伊和博迪安经常在一块儿，一起把商人莫拉勒伊的胡子浸泡在汽油中，然后点燃，随后强迫他和自己的女儿发生关系。莫拉勒伊是当地响当当的人物，还是国大党的领导人之一，却被这样羞辱而死，而他的女儿则被迫向马塞卢屈服，最终沦落到街头当妓女。

另一边，唐珀洛洛的拳头还是每天雨点般地落在可怜的莫所伊身上。她打他越多，他对待违反宵禁令的人就越恶毒。如果在街上没找到违反宵禁令的人，他就会闯入别人家，命令他们证明自己心里没有想过违反宵禁令，然后和同事们鞭打这些居民。人们都恳求唐珀洛洛："唐珀洛洛，求你了，不要再打你的丈夫了，他把怨气都发泄在我们身上了。"

4. 沉 默

　　莱迪辛离开哈沙曼回到自己在马费滕的教学岗位后，蒂珂莎变得越发沉默了。她一句话都不说，甚至对南瓜歌也不感兴趣了。其他姑娘来到她家，站在门外恳求她："蒂珂莎，来村里的围场吧，我们太想念你的新歌和舞蹈了。求你了，蒂珂莎，来跟我们跳舞吧。"她默不作声，走出家门经过她们身边时，就好像没看见她们一般，直至身影消失在草原上。她也没有去山腰玩毒蛇，牧童们抱怨好久没有尝到美味的蛇肉了，也不再指望她会回来和他们一起享用山间美味。

　　当飞机带着莱迪辛离开她消失在天空后，蒂珂莎来到村子下端，整个下午都在看那些装饰壁画。村民们看到这个穿红裙子的姑娘正直勾勾地盯着他们的房子，不知道她有什么目的。一些年轻妇女走过去跟她打招呼，她对她们称赞那些壁画有多美丽。（自那天开口说话后，她又沉默了很多年。）人们对她来自那个毫无美感的村子感到遗憾，她说她一直都想给自己的房子画上那样的图案。村民们把她带到村庄下面的采石场，那里有各种颜色的赭石。她把从采石场挖出来的赭石用附近的溪水化开，再揉成小球，回家的时候她带了三大袋赭石球，分别是红色、黄色和白色的。

　　她在家将小球化开，然后用手指蘸上颜色画装饰画。屋子是用石头砌成的，所以她无法在房子的墙上作画，除非先涂上一层泥土来覆盖石头，使墙面变得光滑平整。但门窗是由大块黑色泥土建成的，蒂珂莎便在门窗上作画。她将上面原本的蓝色洗掉，涂上红色、黄色和白色。大功告成后，她心情特别好，计划着下次说不定可以把整个房子都上色，画出她在村子下端见到的那种美丽的壁画。不对，她会画出更美丽的画，融合巴瓦洞穴里那些壁画的风格。

　　下午晚些时候，单身妈妈从农场聚会回来时，被自家门窗上的图案震惊了。她站在那儿，目不转睛地看着，直到蒂珂莎带着自豪的微笑走出来，站在她身边，显然是在等她表扬。但单身妈妈猛地扑向蒂珂莎，狠狠地揪住她的耳朵，冲她大吼："你对我的屋子做了什么！"蒂珂莎痛苦地呻吟，而母亲并不打算停止："你是想让我成为全村人的笑柄吗？我是在那天晚上的舞会上怀的你，这件事难道还显得我不够蠢吗？"单身妈妈拎着蒂珂莎的耳朵，命令她把这些乱七八糟的图案清洗干净。蒂珂莎在清洗自己辛辛苦苦完成的成果时恸哭着，声音如同传说中的女妖，路人们无不同情地说："可怜的蒂珂莎，都是因为她母亲在那场舞会怀上她！"

　　她清理完门窗上的颜料后，一路哭到外婆家。坐在外婆家门口的花岗岩上，她哭得更大声了。蒂珂莎的外婆，人们都叫她老奶奶，她走出屋子，看了自己外孙女儿眼，然后吼道："蒂珂莎，你怎么了？有东西要吃你吗？怎么哭成这样？"蒂珂莎并没有回答。老奶奶继续大吼，就算她关心自己的外孙女，也没耐心去宠坏小孩。她总是怪自己的女儿单身妈妈不对蒂珂莎实行棍棒教育，导致蒂珂莎变得性格古怪且无法控制。现在老奶奶很恼火："你这个小恶魔，快滚出我的房子。你肯定是跟你妈闹矛盾了，要不然怎么会想到我这个老婆子。你只有在惹麻烦的时候才会想到我！"

老奶奶最后那句话是她向别人抱怨时常说的。她总是抱怨她的两个外孙从来不来看望她，甚至她自己的女儿单身妈妈也只是大约半年才来看她一次。尽管她们住在相隔很远的不同村子，但老奶奶还是会向别人抱怨一句："我告诉你们，生育这项工作已经不像过去那么伟大了。"有时她也会禁不住地问："如果我没有生下女儿，那我的这些外孙会去哪儿呢？这些不知感恩的小东西会去哪里？"她所说的不知感恩的小东西尤指外孙莱迪辛。他拜访了哈沙曼，却连个招呼也没来打，老奶奶直到现在还伤心呢。她听说莱迪辛回来了，当上了城里的老师，还穿着西装，但他太自以为是，不愿意接受村里热心的老太太给他钱作为见面礼，反而掏出十兰特给她们。她换上一身干净衣裳，满怀期待地坐在屋外，等着外孙来看望她，但莱迪辛根本没有来。今天她听说他已经回莱索托低地，心里感到被轻视了，嘟囔着："那些人不是他亲戚他都愿意给她们钱，却不愿意来看看自己的外婆。生育什么时候变成一道诅咒了？"

蒂珂莎没等老奶奶继续吼她便拔腿跑了。她知道老奶奶真的会随手抓起东西打她，于是继续哭着跑向巴瓦洞穴的方向。

确实，老奶奶的火暴脾气可是在村里出了名的。她经常在屋外趾高气扬地来回踱步，时不时就威胁要揍人一顿或打烂他的下巴，打得他屁滚尿流。她的威胁并不仅仅针对人，有时连动物也不放过，尤其是碰到离群的猪，或者跟随公鸡群的母鸡，她会骂得更厉害。蒂珂莎六七岁的时候，有一次老奶奶生气，抓起一只正在熟睡打呼噜的小猪就向蒂珂莎打去。好在蒂珂莎和小猪都没有受重伤，但蒂珂莎永远都忘不了这件事。

即便莱迪辛，甚至是单身妈妈和老奶奶有血缘关系，他们也鲜少来探望，这是有原因的。哈沙曼有传言说她杀死了自己的丈夫。莱迪辛的外公本来是一名矿工，有一年矿井塌方，其他所有工人都遇难了，只有他幸存了下来，但因为受伤，颈部以下瘫痪，矿井公司给他买了辆轮椅，还补偿他一笔钱，并把他送回家。几个月后钱花光了，他只能靠老奶奶开垦一小块贫瘠土地得来的微薄收获为生。他觉得靠女人生活很屈辱，要满足他的男性自尊，就只有向那些来探望他的人吹嘘自己的年轻岁月。年轻时的他有大把女人追在后面，好不风光，他甚至当着老奶奶的面吹嘘这些风流韵事。当他们两人单独在卧室里的时候，他也时常用四十年代他们新婚时他出轨的事情来嘲笑妻子，当初他可是花了很久来弥补自己的错误才获得了原谅。现在他们老了，他又去揭老奶奶的伤疤。最后，根据村里人流传的故事版本，老奶奶忍无可忍，用便盆砸死了他。可没有人能解释为什么这个便盆没有在死者身上留下任何痕迹。

尽管蒂珂莎总是对莱迪辛说，如果外婆真是杀人凶手，早就进监狱了，但莱迪辛从没有真正原谅外婆。他非常爱自己的外公，在他眼里，外公是个有无数故事的开心果，曾经参加过世界大战。关于自己在那片白人土地上的故事，他说也说不完。他曾被德国人关押，在集中营里被当作其他白人囚犯的仆人。最后是一位同样是囚犯的高级军官将他从这场奴役中拯救出来，说外公已经是自己的私人随从，其他人不许再使唤外公。所有人都很尊敬这位军官，所以那时还年轻的外公只需服侍那位高级军官。战争结束后，他们从集中营出来，被送回家。和其他所有黑人士兵一样，外公获得了一辆自行车作为奖励。那位军官则成了莱索托低地一个小镇的地方法官，外公因为忠诚，获得了两把没有子弹的枪作为额外嘉奖，他被警告说："这两把枪可不是给你用来杀人的，而是为了让你记住你在战争中表现英勇，这只是纪念品。"地方法官给他开了一张"武器收藏爱好者"的证明。老奶奶经常取笑说他的枪毫无用处，只是摆设罢了。

蒂珂莎离开外婆家后，走向巴瓦洞穴，希望能再次获取她之前和哥哥在那儿感受到的那股温暖。后来的四年她几乎每天都去那儿，并且每周都会在那里过一次夜。不知道为什么，她变得很平和，虽然更加沉默，但和单身妈妈的关系缓和了不少。她在巴瓦洞穴度日，有时还会过夜，而单身妈妈则一场接一场地去农场聚会，或是去拜访多女妈妈。所以最近家里都没人烧火做饭，因为单身妈妈在聚会上解决吃饭问题，她也并不在乎蒂珂莎在哪儿。她跟多女妈妈说："我已经厌倦了给这种无用之人做饭，她已经过了二十岁，如果她饿了，她自己可以做帕帕吃。"多女妈妈很赞同她这样做："我生了十个女儿，这么跟你说吧，她们四岁的时候就可以自己解决吃饭问题了。"蒂珂莎从来不做饭，这让村里那些爱拿别人家的问题说事儿的人取笑说她是圣灵化身。

一轮盛宴和聚会下来，单身妈妈吃得挺好。她和一些妇女经常在宴会前三天就到场，帮忙酿酒做饭，宴会结束两天后才离开，因为要帮忙清洗碗碟和大三角锅，并把剩菜剩饭吃完，避免浪费。

宴会有大有小，有的小宴会就是邻居们聚在一起吃一头羊，喝一点酒。这种宴会大多是为感谢祖先赐予他们生命。另外就是很大的宴会，会有其他村庄的人，甚至是莱索托低地的人赶来一起庆祝某个重大事件。这种宴会在哈沙曼乃至黑河领域都很盛大。

村里有一个叫米丝蒂的姑娘，刚从海外留学归来。她辛苦求学，现在回来报答家乡的人民。和往常一样，单身妈妈提前三天来到宴会现场，这次同来帮忙酿酒和准备食物的还有多女妈妈。这两个女人酿造的高粱啤酒在哈沙曼都是出了名的。尤其是多女妈妈，她经常招待从哈沙克来家里拜访她丈夫的客人，他们就为了尝尝她家的啤酒。这次她负责酿酒，单身妈妈则负责打下手，相信宴会一定会让酒客们喝得痛快，回味良久。事实上，两个村子对于这两个女人谁更会酿酒有争论，每个女人背后都有支持者，但他们都不得不承认两人酿的酒都很出彩，且大家都认为这两个女人一起合作，酿出的啤酒一定是最好喝的。

酒客们早上就来到米丝蒂家，最先到达的是当地的男人，他们来帮忙宰杀家畜，然后一边喝酒一边烤着仅供男宾享用的烤肉。当天早上晚些时候，哈沙曼的男人们骑马来了，由骑着黑马的多女爸爸领队。多女爸爸披着西纳莫雷纳牌毯子，这条红色毯子上面有黑色玉米穗和树叶的图案。他后面跟着列马队，每个人都披着黄黑相间的西纳莫雷纳牌毯子。有几个人披的是勒费托里牌毛毯，这种毯子是以维多利亚女王时期最早的那批殖民者命名的。勒费托里牌毯子上有皇冠和飞机图案，所有的人都戴着圆锥形的草帽。

他们骑的马也是按颜色分好的，首先是棕色的马匹，然后是白色的，队伍后面是最稀有的棕白相间的马匹。所有的马匹都皮毛光亮，一看就是精心饲养的。马蹄步伐一致，声音整齐有节奏，就算有时嘚嘚慢跑，声音也并没有因此变得杂乱，仍旧和谐一致，如同齿轮运作一样保持均匀速度。当它们穿过村子的时候，妇女们都走出家门尖叫欢呼，这也使一些男人兴致大发，高唱赞歌，歌颂他们的马儿以及此情此景。他们到达举办宴会的宅地时，正在做饭的人们挥舞着抹布和厨具跳起舞来，欢呼声穿过黑河，连河对岸的村庄都听得到。

到达宅地后，马儿屈膝跪在地面，好让主人下马。这儿的人们从没见过这种把戏，看到这一幕立即爆发出大笑以及更大的欢呼声。男主人很欢迎这些客人，领着他们来到一棵大树下，安排他们坐在石头和树桩上畅饮啤酒。年轻的男孩们则卸下马鞍，牵着马儿去村庄下面吃草。

越来越多的男人和妇女从哈沙克其他村庄赶来。哈沙克人最喜欢的毯子是马特拉玛牌的，这是以莫修修老国王第一个军团的名字命名的。这些毯子虽然是朴素的棕色和灰色，但花边却是蓝色的，很精致，还有华丽的图案，四边有流苏。尽管马特拉玛牌毯子价格高昂，但哈沙曼人却瞧不上，因为这种毯子随处可见，即使是在山上的村庄，那里的弗雷泽杂货店也出售马特拉玛牌毛毯。而西纳莫雷纳牌毛毯就不一样了，在这个国家，只有在一家店里才买得到这种毯子，那就是莱索托低地莱里贝镇上罗伯森的店。这家店的白人老板穿着卡其色短裤，身材瘦小，被人们称作小男孩。他想办法获得了西纳莫雷纳品牌的经销权，但并没有常年囤货，而是一年进货两次。每到这时，人们便从全国各地赶来莱里贝，在他的店外排起长长的队伍，安营扎寨，只为买一条毯子。这也让这种毯子变得很特殊，价格炒得非常高。

从山上赶来参加宴会的人们披着齐必牌毯子，这种毯子是以水獭的名字命名的，因为它非常厚重。"齐必"毯大多是浅褐色的，上面有白色和黄色的花纹，是所有毯子中最保暖的，也因此成了那些经常要去棚舍，或者居住地常年下雪的人的最爱。正因为它的保暖性，人们称它为"母亲的大腿"。

屋子前立着一个大帐篷，长凳已经在里面一排一排摆好，大多是从邻居家借的。事实上，只要是办宴会，不等你开口，邻居就会自己带着长凳还有厨具餐具来帮忙。

客人们被招呼着在帐篷里找到自己的位子坐好后，一小群年轻男女走出屋子，面对客人，坐在长凳上。这些年轻人大多穿着黑色长袍，肩上是不同的颜色，头上戴着学位帽。在座的妇女们给予了他们热烈的欢呼。

在那群穿着长袍的年轻少女中，村民们只认出容光焕发的黄美人米丝蒂，还有多女妈妈的女儿、高大的黑美人唐珀洛洛。他们不认识其他人，据说那些人是米丝蒂在莱索托低地的朋友，专门来和她一起庆祝的。那些没有穿长袍的人中，人们只认识黑巧克力，那可是哈沙克的骄傲啊，他们一看到他就大叫："噢，黑巧克力！"举办宴会的这家叔叔赶紧发话："黑巧克力是我们国家的大人物，我们有幸请来这么尊贵的客人。但这次不是他的宴会，是米丝蒂的宴会。黑巧克力来这里是和他的老乡一起庆祝的，所以今天的赞美和荣誉都是献给我们的主角米丝蒂的。"

他继续发言，说米丝蒂漂洋过海去一个叫爱尔兰的国家，在那里勤奋学习，因此获得的学位比哈沙克甚至哈沙曼的人都要高。"她现在在马塞卢的一家大医院工作，那儿可以治愈哈沙曼诊所的玛丽护士都治不了的病。"

一个男人站起来问，是否可以问个问题，那位叔叔说这里很民主，每个人都有权利提问。一个激进分子立刻大叫起来，嚷嚷着只要那个早就被人民投票否决的莱布阿继续用武力掌权，就永远不会有所谓民主这回事。那个提问的男人继续自己的问题："我想问，为什么她要穿那件长袍？她是在爱尔兰加入了锡安主义①组织吗？她是不是成了恶魔主义者？还有我们熟知的那个小孩，多女爸爸的女儿，她也加入了那个组织吗？"其他知道长袍的意义的人忍不住笑了起来。

叔叔解释道："孩子们穿这些长袍，是因为他们接受了正式的高等教育。你的这个问题让我知道了你以前没参加过我们的宴会，如果你参加过，你就会记得，几年前，我们在哈沙曼参加过多女爸爸家的宴会，那是为了庆祝唐珀洛洛完成在罗马的学业。那时候我们也不知道这些长袍子有什么意义，问了同样的问题，这才知道唐珀洛洛被授予了文学学士学位，获得这种学位的人会穿这种长袍。如果你经常参加我们的宴会，你就会知道这些。不管怎样，伙计，你要知道犹太复国主义者的长袍是蓝白相间，或者绿白相间，或者黄白相间，不是这样的黑

① 又称犹太复国主义。19世纪末，欧洲各国的犹太复国主义者在英国的支持下发起"犹太复国运动"，号召犹太人从世界各地回到巴勒斯坦重建国家。——编注

色。而且你看，这些孩子并没有像犹太复国主义者那样打鼓或跳舞，也没有被圣灵附身。"

从莱索托低地来的一位贵客负责向大家解释米丝蒂在爱尔兰到底学的是什么。这位贵客比其他穿长袍的人要年长一些，她的长袍也和别人不一样。她的长袍是红色的，前面有蓝色的装饰，帽子松松地戴在她头上。和其他人的平顶帽不同，她的帽子像是个大号的贝雷帽。这个女人自称在罗马当大学老师，是米丝蒂在那儿的朋友。村民们想知道为什么她的长袍不像其他人那样是黑色的，她说是因为她也在海外留学，且获得的学位比其他人高。她获得的是博士学位，但她并不会治病，博士是学位的最高水平。她这样对于博士的解释还是让大家很疑惑，有人嘟囔着："博士和医生是一个单词，却不会治病，那博士还有什么用呢？"还有人说这可能是因为她只是个女人，如果她是个男人，学到博士那个境界肯定也可以像医生一样治病了。

这位博士说，自己是在米丝蒂来到大学的第一年认识她的，米丝蒂很聪明也很勤奋，她们很快成了好朋友。米丝蒂出色地完成了第一年的学习后就获得了奖学金，得以在爱尔兰完成医学实验技术理学学士学位。有好事者问："这是不是说明米丝蒂比哈沙曼诊所的玛丽护士更重要呢？"那位博士试图打圆场，尤其是因为玛丽护士也在场："玛丽护士当然很重要，每个人都很重要，米丝蒂也非常重要，因为她是这个国家在这个领域第一个拿到学位的人。她帮助医生通过检查病人的血液、唾液甚至小便来诊断病因，这样医生才可以治愈病人。"哈沙曼的人们得出结论，即米丝蒂比这位正在向他们解释这些复杂的事情、穿着红长袍的博士更像一名医生。

讲话结束后，人们开始跳舞。哈沙克的妇女们擅长莫克基波舞，长长的牛皮鼓在一旁伴奏。跳舞的女人们穿着蓝色裙子和白色衬衣，随着鼓声的节奏上下耸动着肩膀和胸部。她们戴着毛皮帽子，肩上佩戴着红色和黄色的饰带。莫克基波是一种很巧妙的感官舞蹈，女人们直挺着跪在地上，时不时跪坐，然后挺身换成跪姿。观众在旁边随着鼓声唱歌拍手，领舞者吹着口哨，保持节拍，并指挥舞者变换动作。她有一个掸子，以优雅的姿态指挥舞蹈动作的方向。

轮到男人们来表演莫霍贝罗舞了。观众们唱歌拍手，男人们也优雅地舞动双臂，轻巧地把腿抬高，然后缓慢地收回。哈沙曼的男人在多女爸爸的带领下，跳着缓慢优雅的莫霍贝罗舞；而哈沙克的男人，在宴会男主人的带领下，跳的则是轻巧欢快的舞蹈。

没有人注意到蒂珂莎，她独自一人坐在一边，与大家保持距离。她看着这些舞蹈，憔悴的身躯不由自主地随着舞者的动作扭动，她渴望跳舞。

舞蹈休息的间隙，食物被端了出来。男人们分享一大盘玉米糊和一大盘肉。宴会上有很多肉，因为米丝蒂的爸爸宰了三头牛和五只羊。妇女、姑娘们和男孩们各有一大盘玉米糊和肉。客人们分组坐好，且每组之间保持一定距离。人们抓一把玉米糊塞进嘴里，再大口吃烤肉。从莱索托低地来的客人则每人有一盘食物，这是他们那儿吃饭的习惯。他们用勺子或者刀叉代替手，盘子里装着米饭、蔬菜沙拉还有甜菜根。

蒂珂莎坐在一旁，看着人们大吃大喝。她也可以加入其

4. 沉　默 | 051

中，因为宴会是属于所有人的，每个人都可以不请自来，随意吃喝。食物端上来后所有人都可以尽情享用，但蒂珂莎没有加入。哈沙曼的一些人只是看了这个姑娘几眼，她身材瘦小，穿着红色裙子，人们小声说："可怜的蒂珂莎，都是因为她母亲在那场舞会怀上她。"

有人称赞唐珀洛洛的美貌，唐珀洛洛对此报以甜美的微笑，然后继续帮米丝蒂的母亲和其他阿姨给客人们倒酒。莱索托低地的人们喝的是瓶装啤酒和白兰地，其他客人喝的则是单身妈妈和多女妈妈酿造的高度酒。

"唐珀洛洛，你丈夫怎么没有来？"一个男人问道。

"他正忙着工作呢。"她回答说。

"忙着工作？我看是忙着打人杀人吧！他可是个警察，怎么能做出这种事！"赫龙愤怒地说。

赫龙当然有理由这样抱怨警察，两年前全国进入紧急状态之后，城市里的麻烦也蔓延到了山里的村庄。很快，邻里之间开始相互攻击，甚至相互破坏房屋。像赫龙这样的福音派信徒是个很固执的国大党拥护者，他的机场多次被和平部队攻击。那个部队的成员身着棕色制服，配备政府的武器，并被授权攻击国大党成员。更让赫龙痛心的是，这些部队成员是他的同村村民，在莱索托低地的党派灾难侵袭到这儿之前，生活非常和睦。尽管遭到如此打压，赫龙还是坚决拥护国大党。即便他听机场的旅客们说莱索托低地的国大党成员要么被警察杀死了，要么流亡到其他国家去了，他仍坚称宁死不改政治倾向。

人们并没理会赫龙对于唐珀洛洛丈夫的抱怨，认为那只是出于嫉妒。他们都说唐珀洛洛真是运气好，能够嫁给为政府效力的警察。事实上，她也值得拥有这么好的归宿，她不仅是多女爸爸的女儿中学历最高的，有文学学士学位，而且也是长得最甜美动人的，她的丈夫也很帅气。妇女们都说："是啊，唐珀洛洛的丈夫太英俊了。"人们都说上帝造人的时候出了小错误，在塑造她丈夫时忘了自己其实要造的是个女人。唐珀洛洛一直保持微笑，很高兴自己的丈夫让全村妇女羡慕不已。

赫龙问道："莱迪辛去哪儿了？哈沙曼和哈沙克的孩子们都来为老乡庆祝，单身妈妈怎么没来？"

有人说或许是因为他在莱索托低地当了老师，觉得自己是个人物了，不屑于参加这种乡下宴会。"难道你没听说他多年前最后一次回家时对那些老太太做的事吗？"

唐珀洛洛大笑，然后向他们解释说，莱迪辛早就不是老师了，他在两年前全国宣布进入紧急状态之前就丢了饭碗。不管怎么说他都不是老师了，因为他只有一个低水平的大学入学许可证，而且只是在一所临时夜校教书。她热心地说："你们真应该去看看他现在的样子，跟破布一样一无是处，整天就知道酗酒，靠着向我丈夫这样的人摇尾乞怜过活。"

蒂珂莎无意间听到了这些对话，因为唐珀洛洛的大嗓门实在太尖锐了。她感到一阵反胃，实在受不了唐珀洛洛这样诋毁她哥哥，于是走向巴瓦洞穴。

穿过田地走过野花丛时，她还能听到莫克基波舞的歌曲在遥远的山间回响。野花覆盖了草原，给山间点缀了点点紫色、白色和粉色，空气中也弥漫着清新的花香。但农夫们却视之为毒物，对于养羊的人来说就更麻烦了，因为这些花的种子带有尖刺，会粘在羊毛上，降低羊毛的价值。

蒂珂莎到达巴瓦洞穴时，落日的余晖正照进黑暗的洞穴。她站在洞口，欣喜地看着自己奇形怪状的影子映在洞穴的墙壁上。她贪婪地盯着那些画作，每幅画都被一圈光晕围绕，好像它自己会发光一样。有些红色的画上面是一群巨臀的男人和女人，他们有的正指向动物，其他人则跪倒在地，鼻子还在流血。画中还有红色和白色的动物，它们没有脚，好像在空气中飘浮一般。还有舞者，很多舞者，有的拥有羚羊头和羚羊蹄子，女人们拍手，男人们挥舞着掸子。在洞穴深处，有一群男人正围着一个躺在地上的人跳舞，他们的男性象征直挺挺地向外突出。一个女人跪在那个仰卧着的人身旁，胸部在他上面晃荡。当然，还有野兽女舞者，她是洞穴里所有舞者的首领。蒂珂莎认为她远不止这样，她应该是全世界舞者的首领。她的画是洞穴里最美的，这种凄美让蒂珂莎不禁感动得想哭。

蒂珂莎幻想着把这些变为现实，于是开始默默呼唤起舞者。起初，她为自己这样自以为是地呼唤这么重要的人而感到羞愧，但当她站在洞穴中央时，野兽女舞者出现了，安慰她没什么好羞愧的，她早已被这个舞者大家庭接纳了。在这个家庭里，每个人都有权利在世道艰难时寻求帮助。随后，她又呼唤猎人和其他舞者，还有墙上的所有人。他们在画中的活动继续热火朝天地进行着，说话唱歌都是咔咔声。蒂珂莎没有听懂，但她可以在心里把他们说的话勾勒成图像，他们也可以读懂她的心思，并说她的心灵很美。

黑夜降临时，篝火点燃，舞蹈继续。蒂珂莎发现自己已经躺在地上，男舞者们围着她跳舞，他们的男性象征直挺挺地指向她。人们歌声洪亮，并欢笑着，用欢快的咔咔声来伴奏。她冷静地躺着，一个女人跪在她身旁，丰胸在蒂珂莎身上晃荡，时不时地会碰到蒂珂莎。

他们表演的舞蹈叫作力量之舞，目的就是治愈折磨蒂珂莎身心的痛苦，驱赶她所有的厄运。他们唱的歌曲也是治愈之歌，以水牛、高不可攀的岩石、蜂蜜或死亡等万物命名，每一首歌都有自己的节奏、旋律和动作。

野兽女舞者带领妇女们疯狂地唱歌，歌声越来越大，直到震耳欲聋。她们围着篝火坐成一圈，大腿紧挨着大腿，拍手伴奏，呼吸沉重。男人们则来回踏步，围着女人跳舞，腿骨咯咯作响，听上去像是缓慢低沉的伴奏。人们一直跳舞，没有休息，很快，他们的臀部和肚子好像沸腾一般抖动，有的人倒在地上死去了。一些妇女双腿发抖，所有的人都颤颤巍巍，随后倒在地上。

在他们灵魂出窍的时候，他们的双手不由自主地从蒂珂莎的肚子和大腿处拔出箭来。箭拔得越多，他们的意识流失得越快，死去的舞者就越多。不过蒂珂莎根据经验知道，这只是他们的灵魂离开身体，去跟祖先的世界交流。一路上，他们与疾病和死亡做斗争。天亮时，他们会带着更多治愈之歌归来。这些歌会被灌输到他们的肚子和臀部，所以他们的肚子和臀部如此丰硕，里面存满了治愈之歌。

日出之时，舞蹈结束，主持仪式的野兽女舞者扶起蒂珂莎。蒂珂莎发现自己可以迅速站起，身体里充满活力，于是开心地跳起了欢乐之舞。野兽女舞者也加入进来，围着那些死去的舞者跳着舞。这些舞者从死亡中醒来时，看到蒂珂莎欢乐地大笑，感到很高兴。他们簇拥着她，发出咔咔声表示祝贺，并希望她能像过去几年一样，经常和他们在一起，成为他们家族的一员。

随后，猎人们去为大家打猎，他们不用走很远，因为附近资源丰富。一个猎人刚在舞蹈中被灌输了力量，因此只需用手指指着正要跳走的兔子，它们便在原地动弹不得。猎人们只会拿走他们需要的数量，然后放走其他兔子。其他猎人会带着蜂蜜和浆果回来。宴会开始了，肉烤得正香，蒂珂莎吃了很多，感觉肚子要被撑爆了似的。

蒂珂莎对洞穴里的人充满了爱，希望能与他们共度时日。她热爱他们之间的和睦安宁，没有人发出不友好的声音，他们好像不会对他人使用暴力，男人们也不会觉得自己比女人重要。他们之间的平等在哈沙曼人的世界是不可能看到的。

当她离开洞穴的时候，她知道自己还会经常回来，就像以前一样。她爱抚着脖子上的那串用鸵鸟蛋的壳做的珠链，那是他们给她的礼物。洞穴里的人很慷慨，这让蒂珂莎很惊讶。正因为如此，她决定亲手给他们做些礼物，下周来参加力量之舞的时候带给他们。此后，她白天和洞穴里的妇女坐在一起做黏土锅，其他人则在串珠链。她把黏土锅都送给那些送过她礼物的人，表明自己对友谊有多珍惜。他们总是很感激她送的礼物。

她很热爱洞穴里的人。他们给予她最美好的礼物，就是让她能够看见乐曲。

她想着这些，抚摸着脖子上的珠链，忍不住开心地笑了起来。

5. 法莫舞

　　莱迪辛早上起床时感到全身疼痛，还伴有鼻塞，心想自己可千万别得了感冒，那样只会让他的长途跋涉更加艰难。他起身去浴室冲了个澡，水太凉了，小旅馆总会有这种问题，可是他没工夫去找经理投诉。他现在连吃早饭的时间都没有，时间快来不及了。他迅速穿上白色衬衣，配上灰色领带，最后套上那件灰色西装。这件西装买了至少七年了，但上面一点岁月的痕迹都没留下，保养得非常好。这也是他在失业那段可怕的时期唯一没有卖掉的东西，他要靠它去参加工作面试。他相信这件西装可以给他带来好运，所以一旦有重要任务他就一定会穿上它。

　　他在前台结账后跑向不远的车站，所幸他要赶的那辆巴士还没走，但已经没有座位了。他只好站在座位之间的过道上，和其他后上车的人挤在一起，好像沙丁鱼罐头似的。售票员还在努力往车里塞更多的人，一些女乘客抱怨车子里面已经挤得她们不能呼吸了，售票员回答说："难道我应该把这些人丢在这儿不管吗？谁不想快点回家呢？你们这样抱怨是因为自己已经在车上了。别多说了，往里面挤挤吧！"

　　车子开得摇摇晃晃，慢慢吞吞，除了乘客超载之外，车顶也装了太多东西，大包卷心菜、数加仑①石蜡、数块波状钢、好几只活羊、大袋玉米面和各式各样的日常用品。司机时不时地就要因为石蜡溢出来了，或者行李箱掉下来，里面的行李散落在马路上而停车。这些物品的主人每次都非常生气，冲着售票员大喊大叫，责怪他没有把东西在车顶固定好。一到稍微陡峭点的斜坡或是泥泞的公路，乘客就要下车自己行走，直到巴士开过再上去。莱迪辛倒是很享受这种时刻，因为只有这时他才能呼吸到新鲜空气。在巴士里他被挤得汗流浃背，都快发烧了。他双膝发软，即使那些移民矿工开着他们矿井的玩笑也没有惹他不耐烦。事实上，有的乘客在车里喝酒，整个车厢里充斥着臭味，不时有人打嗝放屁，或者有人喊："到站了！"这就是说他想下车去方便，排空膀胱里的啤酒。一路上听到好多次"到站了"。

直到晚上，莱迪辛才到达目的地，从马塞卢到那个偏远的村庄要花两天时间。他现在只能在古廷区找个旅馆睡一晚上，因为当日最后一班到那个村庄的车已经开走，车子都是早上出发的。如果老板不那么吝啬，他或许早就自己买车了，毕竟自己做的是这么辛苦的活儿。如果不靠这么艰难的交通方式，莱迪辛完全可以在一天之内完成任务。

到了村庄，他问一群小孩如何到达首领的住地，小孩们带领他走过各家各户之间迷宫般的小道。这里的房子建造得非常紧密，不像他在山中的家乡，那儿的房子之间都会留有很大空间。不过，这里的房屋布局显得很温暖舒适，每家都种有很多

---

① 1加仑（英制）=4.55升。——编注

桃树，粉色的桃花让空气都变得香甜起来。这香味让莱迪辛想到了多女爸爸在哈沙曼的果园。在每年的某个时节，整个村子都会弥漫着果园的香气。多女爸爸在果园里种了不同的水果，村里每家都至少种了一棵桃树，但多女爸爸还种了杏子、苹果和李子。

他回忆的那些水果使他感到饥饿起来，心中暗暗后悔自己应该在离开旅馆时吃早饭的。但他怎么知道车子开到这儿需要一整天呢？车里有些早有准备的乘客拿出了鸡肉和饺子，一路上都有人在吃东西。食物的香味让他在车上备受折磨，直犯恶心。

那些桃花激起了莱迪辛回哈沙曼的渴望，他想念他的村庄，想念山里的人们和放牧的生活，但他最想念的还是蒂珂莎。他有七八年没见到蒂珂莎了，他在想，此时妹妹正在做什么，或许她已经嫁人了，毕竟她现在已经是差不多二十五岁的老姑娘了。不过她肯定还没结婚，要不然黑巧克力肯定会告诉他的。黑巧克力经常回家乡探望，而且从没放弃追求蒂珂莎。他也是莱迪辛不回哈沙曼的主要原因。他不想一事无成地回去，成为家乡人的笑柄，他发誓等他像黑巧克力一样成功之后再回去。全国紧急状态使他受挫，他失业了近两年，现在刚刚从可怕的贫困深渊中爬出，成为马塞卢的律师马里布手下的办事员，他相信很快他就可以衣锦还乡见妹妹了。

到了首领家，接待他的是一位老先生，自称是首席顾问雷默阿比。莱迪辛自我介绍后便询问是否可以见到首领。雷默阿比带他去了一个房间，他看到一位中年妇女正在房间里揉面。那位女士抬头看了一眼，说："你怎么把客人带到这儿来了？

我正忙着给孩子们做饭呢。"

雷默阿比回答说:"十分抱歉,父亲大人,但这位客人说他是政府派来的,有要事相告。"

莱迪辛马上就明白了,这位女士就是村子的首领。他觉得很荒谬,为什么要称首领为父亲大人,哪怕这个首领是个女人?

首领洗净双手后带领莱迪辛来到另一间屋子,给他上了一盘腌卷心菜和一块高粱面包。他对此心怀感激,随即狼吞虎咽起来。待他吃饱之后,首领才开口问道:"说吧,政府派你来干吗?不会是来增加赋税吧?我们按时缴税,可村子并没有什么发展。"

莱迪辛连忙回答:"不,母亲……噢,我是说父亲大人,我不是从税务部门来的,我只是来找您的一个子民,一个叫马特拉卡拉的女人。我很遗憾地通知她,她的丈夫去世了。"

首领很受感动,没想到政府这么关心百姓的生命,竟然会派一名官员来通知一个普通村妇她的丈夫去世了。而且从衣着打扮来看,这个官员级别还不低呢。她派雷默阿比去把马特拉卡拉叫来,莱迪辛则留在这儿告诉她死者的细节。几分钟之后雷默阿比独自回来了,原来马特拉卡拉去村子另一头参加聚会了。首领吩咐去把她带回来,可莱迪辛说他想自己去聚会上找她,雷默阿比表示自己愿意陪同。首领同意了:"那你们路上小心,我们给你收拾一间屋子今晚睡觉。"

聚会在一间茅草屋里举办,年轻的男人们在外面成群结队地站着,互开玩笑或者向年轻姑娘求爱。屋内一个管风琴手正在演奏一首欢快的乐曲,他没穿上衣,汗如雨下,旁边的鼓手正在用橡胶内胎做成的鼓槌敲打旧马口铁罐做成的鼓，以及一些瓶盖。这些瓶盖固定在一条金属丝上，系在鼓边。鼓手也是汗流浃背，但披着齐必毯，他身边站着手风琴手。这位琴手一边跟一个女人交谈，一边喝着罐装啤酒。随后，他把啤酒递给这个女人，她爽快地大口喝下。后来莱迪辛发现手风琴手只有在管风琴手休息的时候演奏，他们两个好像在比赛，看谁的音乐可以让更多人热舞起来。

音乐暖场时，参加聚会的常客开始跳起法莫舞。一个男人跳到舞台上唱起赞歌，他挥舞着一根树枝，毯子卷在一只手臂上。随着管风琴和鼓声的伴奏，他开始了一场歌曲嘲弄比赛。他唱起他的祖先和他在这块大地上的游历，唱到他到过的那些村庄的首领和美女，还有他见过的妇女。他赞美自己妹妹的美貌，并且吹嘘给他多少牛也不换他美丽的妹妹。有时他歌唱因旱灾而荒蛮贫瘠的土地，歌唱为了白人太太们的黄金和钻石而死在矿井下的矿工。歌声悲伤凄惨。

一个女人挥舞树枝，跳上舞台，向那个男人发起挑战。她一边跳着颇有进攻性的舞蹈，一边唱着自己的歌。两人的树枝在空中挥舞时碰到了，他们便向后舞动，给对方留下足够的空间。这个女人的歌中时不时穿插富有感情的副歌，在这闷热的天气中表现得十分狂热。她唱着曾经与俄国人在约翰内斯堡的日子，吹嘘自己曾经阅男无数，且那些男人至死都对她无法忘怀。她的对手迅速回应，唱道，自己也想成为她的裙下之臣，直至他在这个悲惨的世界上灰飞烟灭。女人扭着腰，踢着腿，掀起裙子展示自己的女性部位，那个部位周围画上了一个白圈，被称作"聚光灯"。

雷默阿比对莱迪辛说："你看到那个正在跳法莫舞的女人了吗？那就是你要找的马特拉卡拉。"

"她是在向谁展示自己的私密部位？那个男人是谁？"

"你知道约翰内斯堡有一个被称为俄罗斯帮的巴索托团伙吗？"

"当然，没人不知道俄罗斯帮。"

"他是俄罗斯帮里一个很有名的成员。俄罗斯帮那些人雇了专车过来享受周末，享受法莫舞。"

莱迪辛向房间另一个角落挪去，这样他可以在马特拉卡拉跳完法莫舞后近距离跟她接触。他想知道这些人在这么闷热的环境下为什么这么开心。啤酒味、汗味和烟草味混合在一起，让莱迪辛头晕目眩，他得知这种聚会会持续整个周末，显然有的客人在这期间都没有回家洗个澡，他们喝得烂醉，在椅子上或是依偎着芦荟睡觉，吃的是从聚会主人那儿买来的帕帕或是动物内脏。这种生活节奏要在这个漫长的周末循环一次又一次。

马特拉卡拉终于跳完舞了，莱迪辛走上前跟她耳语："听着，我亲爱的姐妹，我有很重要的事要跟你说。"

附近的一群女人调皮地咯咯笑起来，小声说着："有鱼上钩了！他肯定是被她的'聚光灯'吸引了。"

马特拉卡拉羞涩地笑起来，说："我们可以出去谈，我的兄弟。"说完带着他走向门口，莱迪辛叫上雷默阿比一起跟着。马特拉卡拉很不高兴还有个老头加入进来，便问："你们两个都想跟我谈吗？"

这时，那个俄罗斯人怒气冲冲地赶来了，大吼着自己早就看上了这个女人，他是不会让别人带她走的，更何况这两个陌生人刚刚才到场，明显不是聚会的客人。

雷默阿比试图解释："这个人是政府派来的，他有很重要的消息要传达给这位女士，我们是从首领家过来的。"

起初那个俄罗斯人并不相信他们，还试图跟他们决斗。他认为这只是他们想把这个女人带走的小把戏，但当莱迪辛说这个俄罗斯人也可以跟着一起去首领家去听莱迪辛传达的消息时，他决定犯不着为一个女人卷入麻烦，毕竟聚会上的女人多得是。而马特拉卡拉则开始焦虑了，她想知道到底是什么消息，她不停地问："我做了什么坏事？我是不是犯了什么错？"

"你什么都没做，我的姐妹，带我们去你家，我们可以坐下来，我会好好地向你解释一切。"

"这消息到底是关于什么的？"

"是关于你丈夫的。"

马特拉卡拉提议去首领家，那样，他们就都可以见证莱迪辛要传达的关于她丈夫的消息了。路上，她一直唱着歌，唱的都是男人有多肮脏，总是许下美好承诺，却从不兑现。她在他们两人之间摇摇晃晃地走着，看上去是如此自由快乐，就像树上的鸟儿一样。

到首领家时，首领已经睡下了。他们不想吵醒她，便去了为莱迪辛准备好地铺的屋子。

"我的姐妹，我很遗憾地通知你，你的丈夫去世了，他昨天早上死于一场车祸。"莱迪辛严肃地说。

莱迪辛本以为马特拉卡拉会大哭起来，之前他每次传达这种消息的时候家属都这样，这也让他成了厄运传达者。谁知道她非常平静，他想或许这是她喝了啤酒的原因吧，又或许是因为聚会和法莫舞让她麻木了，还没恢复过来。

"事情发生在他本应该在那儿上班的矿井吗？"

"本应该？什么叫'本应该'？"

"你很惊讶我没有哭出来？好吧，我告诉你为什么，自从我丈夫去了矿井之后，这么多年来我都没见过他。有时候，我听说有人在马塞卢看到他了。在他离开的时候，他去过的最远的地方就是马塞卢。在那儿，他和其他女人厮混，把钱都花到她们身上，他从没给自己的孩子寄过一个子儿。现在我们家要靠孩子为别人放牛来糊口，你告诉我我丈夫死了，对于我来说，他已经死了很多年了。"

莱迪辛对此深表遗憾，解释说自己来这儿的主要原因就是要跟她商讨关于补偿金的事，因为她的丈夫是死于车祸，所以她有权获得第三方保险。"这笔钱是路人遇到车祸时保险公司要赔付的，每辆车都有这项保险。如果没买这项第三方保险，车子是不准上路的。虽然那个混蛋生前没有好好照顾你们，但至少他死后你还可以获得一些补偿。"

"我要做些什么才能拿到那笔钱？还有，我可以拿到多少？"

"你只需在这些表格上签名，这样我才有权宣布你可以获得赔偿金。我们目前还不知道可以拿到多少钱，公司要评估之后再决定给你多少。但我可以保证你至少可以拿到一千兰特。"

一听到有这么多钱可以拿，马特拉卡拉的眼睛一下子瞪圆了。她很快冷静下来，要求立刻把表格拿来签字。莱迪辛从口袋里拿出两张表格，一张是委托书，他叫马特拉卡拉在最底下签字，并要雷默阿比见证。但这位老先生因为给首领当了多年顾问，所以在签这些他不懂的东西时非常谨慎，"这个'委托书'是什么意思？我英语不好，只是大概知道这跟律师有关，但是律师跟这个有什么关系？"

"我为一家律师事务所工作，他们专门为事故遇难者处理赔偿金问题。这份文件是让他们有权帮你处理赔偿金事宜。"莱迪辛对马特拉卡拉解释道。

"你是律师！可我没钱雇律师。"

"不用担心，你不用付任何钱，我们受雇于保险公司。"

"可我记得你说你是政府派来的，先生。"

"你知道律师也会去法庭，在法官面前出庭。这整个系统都属于政府，不是吗？"

"好吧，你这样说也行，但我们都知道律师都是骗子。怎么能确定你不会在最后向这位女士收取费用呢？"

"老先生，你在这里作证，你听到我说我们这次服务不收取任何费用。我们的律师事务所是专门为国家服务的。"

马特拉卡拉可没那么多耐心，她不在乎这场关于律师和骗子的争辩，这些都毫无意义。她只想快点签字了事。她责怪雷默阿比不该阻挠这么善良的一个律师帮她从抛妻弃子多年的丈夫身上获得补偿金。

莱迪辛给了她委托书签字，雷默阿比也以证人的身份签了字。随后莱迪辛给了她第二份表格，上面写着"第三方保险声明"，里面有很多资料要填写，但莱迪辛说她只需要签个名字，剩下的他会带回办公室帮她填写。"现在我只想知道你有几个孩子？"

马特拉卡拉回答道："我有两个儿子，他们给别人家当牧童，住在山里的棚舍中。"

莱迪辛记下了这些细节，说："好的，那我们会通知你的，这是我们在马塞卢的办公室地址。不要把它弄丢了，因为你一个月之后要去那儿拿赔偿金。"

马特拉卡拉又摇摇晃晃地回到聚会上，欢快地唱着她终于要从那个抛弃她的魔鬼身上捞回一笔了。夜晚蟋蟀清脆的叫声好像在和她一起欢歌。

雷默阿比摇了摇头："她甚至都没问问遗体的事儿。现在的女人都变了，她甚至都没抽空想想葬礼怎么安排。"

第二天，莱迪辛醒得很早，首领那时已经在打扫屋子前的空地了。他对她的招待表达了谢意。

"你可不能饿着肚子走，这离古廷区还远着呢，到了古廷区你还要赶去马塞卢。"她说。

首领说得确实有道理。他还记得前一天来的路上，饿得胃痛，所以答应了首领的提议。她已经在一间屋子里准备好面包和茶，吃早餐的时候，他想的全都是老板从这次委托中能赚多少钱，而他自己，当跑腿做苦力，却一无所得，只有每月三十兰特的工资。他对此很不满意。

他工作勤奋，时刻保持警惕。老板马里布在全国布下了监视网络，只要有车祸发生，马上就可以知晓。这张监视网里大多数成员都是交警，每单保险声明签署成功后，他就会为他们提供的情报付一笔佣金作为酬谢。而莱迪辛则随时做好准备，一收到事故消息就要赶到事发地点。

想到自己是如何打败其他对手的时候，他不禁微笑起来。

当时，他正坐在办公室填写表格，电话铃响起来了，是特鲁珀·莫所伊打来的，他向莱迪辛报告，马塞卢和马费滕之间的主干道上发生了一起车祸。莱迪辛还记恨着莫所伊在全国紧急状态下对他的所作所为，他背上还留着莫所伊的鞭子造成的疤痕。但莫所伊调到交通部门后，莱迪辛就与他联系多了，因为他是马里布雇用的最得力的交警之一，几乎每天都能上报一起新事故。

莱迪辛跟马里布的秘书说了这起事故之后，便赶紧离开办公室，前往他在海点镇①的一所大房子里租的一间小房，换上他的"幸运西装"，带上洗漱用品袋，赶往车站，拦下一辆出租车。事故现场在莫里加附近，那是一个福音派小镇，位于马塞卢和马费滕之间。事故是一辆出租车翻车滚出马路，莱迪辛一听就知道那是车子超载超速造成的。到了事故现场，他叫司机停车，自己走下出租车。

莫所伊在那儿等着他，对他小声地抱怨："先生，你怎么浪费了这么多时间？"

"我一收到你的消息就立刻赶来了。"

"你最好抓紧时间。你应该在救护车把人带到医院或停尸房之前赶到的。你知道如果受害者被送到医院会有多麻烦吗？那时候律师都会聚集在那里。我可不想因为你的怠慢而错失自己的佣金。"

"莫所伊，你又不是不知道公共交通有多慢。"

"那跟我没关系，你干脆去找你老板要他给你配辆车好了。

---

① 开普敦地名。——译注

你看，对事故虎视眈眈的人退了不少，那是因为我在这里辛苦撑着。"

确实，那些贪婪的人都在这儿等着分一杯羹，有的在等莫所伊和另外两名警察离开后抢车子残骸。他们的拖车已经到场，就等着抢残骸收进库房。如果车子主人没有为拖车和保管服务付钱的话，他们就会把车子拆掉卖零件。还有一些小偷也来了，等着从受害人身上，尤其是死者身上捞点值钱的东西。当然还有那些律师和他们的办事员，希望可以让受害人在自己的委托书和声明书上签字。这些贪婪之徒都赶在警察甚至是救护车之前到达现场，在法律干涉之前抢先宣示主权。

莫所伊把莱迪辛带到车子残骸这儿，告诉他救护车已经把伤者带到了莫里加的医院。"这就是为什么你没看到别人在这里哄抢的原因，他们都赶到医院去找受害人签字了。但我把最重要的留给你了。这是事故中唯一的死者，现在他归你了。"这所谓的"死者"正躺在汽车残骸边的血泊之中，身上盖着一条毯子。

莱迪辛不想多看死者，问道："为什么他还在这儿？"

"那你想他在哪儿？他正等着你呢，现在随你处置了。"

"我不需要他，我只需要他近亲的信息就够了，这样我就可以尽快去找他们。"

"哈哈，你真是一点也不幽默，他在这儿是等着车子来送他去太平间。我来这儿的第一件事情当然就是搜他的身。看，这是关于他在古廷区的家乡和近亲的所有信息。我会封锁这个信息，等你到了古廷区，我再向当局上报，这样你就可以抢先一步了，其他人赶到的时候你已经让他的遗孀签字了。"

莱迪辛心想：虽然自己不喜欢莫所伊，但必须承认他做得太好了。"这么快就搞到死者的所有信息，甚至把他妻子的名字都搞到了，你到底是怎么做到的？他不可能随身带着自己妻子的名字！"

"身为一名好警察，我有自己的门路。"

莱迪辛赶上下一班巴士去南方的古廷区，中午的时候到达目的地，但是那时最后一班开往死者家乡的车子已经开走了，于是他住进了一家旅馆。

回想起这些，莱迪辛为这次任务的顺利完成得意起来。他强迫自己快点吃完早餐，然后向首领再次道谢，踏上了回家的漫漫长路。

他于下午五点左右到达马塞卢，他真想直接回到海点镇的家，因为感冒越来越严重，衣服也已经被汗湿透了。但他知道马里布正等着他呢，所以他赶往位于波诺姆的办公室。波诺姆是马塞卢最漂亮的建筑，办公室位于波诺姆顶层，尽管只有四层楼，莱迪辛也爬得很吃力，他感到一阵眩晕。

他在门口遇到了马里布的秘书，她正准备下班，临走前告诉莱迪辛很多顾客正等着他。莱迪辛看到自己的办公室里站满了身着黑裙、头戴白头巾的遗孀，挂着拐杖或是胳膊腿部打了石膏绑着绷带的男人或女人，这些人都是来核实自己的支票是否已经到公司了，他们中有的人从早上八点就来这里等着了。莱迪辛很生气，马里布和那个秘书都没有帮忙，为什么这些人一定要等他来呢？

莱迪辛走进马里布的办公室，发现他正趴在桌子上打瞌睡。马里布是个骨瘦如柴的秃顶老头，总是穿着一套白色旅行装，偶尔也穿一套黑色西装，大家便知道那是他要去地方法院处理案件的日子了。但他很少去法院处理案件，公司大多数收入来自保险声明书。人们都说他曾经是个很出色的出庭律师，但因沉溺于酒精而堕落。后来他信奉上帝并步入正轨，可事业已经大不如前，客户因他声名狼藉弃他而去。他找到了一个更容易赚钱的办法，那就是第三方保险协议。他对没有重操旧业并不后悔，因为现在挣的钱比以前当出庭律师要多得多。他甚至给自己建了座仅次于总理住宅的房子，位于马塞卢西部热门的郊区。最让他骄傲的是自己现在是总理莱布阿的密友之一，参与了国民党几年前输掉选举后宣告紧急状态的决定。

马里布醒来后看到莱迪辛，便问："你来了，看到那些人来了吗？他们都在等你呢。"

"他们只是想知道支票到了没。您的秘书不能告知他们这些吗？"

"她当然可以告知，我也可以。但我们不知道你把记录本和昨天寄来的支票放哪儿了，我们无法告诉他们具体情况。"

莱迪辛想起来，他之前走得太匆忙，忘记将记录本给秘书，而是把它锁在自己书桌的抽屉里了。他不住地向马里布道歉，并拿出记录本。只有一名客人获得了赔偿，她的支票也在本子里。莱迪辛让这位遗孀等一下，然后告诉其他人，他们的支票还没到。他安抚他们："耐心一点，有时候支票要一个月才能到，两个月也是有可能的。当然，如果保险公司对声明有异议，还会花费更长时间。"

事实上，记录本里有两张寄给马里布的支票，第一张是五百兰特，这是保险公司付给他的酬劳；第二张是六千兰特，是给那位丈夫死于摩托车事故的遗孀的补偿金。但是，照老规矩，马里布抽取了一半的费用，和自己的那份佣金一起收入囊中。他写了一张三千兰特的支票，让莱迪辛带给正等候在办公室的遗孀。当她看到那张巨额支票时，激动得快不能呼吸了，她永远也不会知道自己拿到的所谓巨款，其实只有补偿金的一半，另外一半被马里布偷走了。她向莱迪辛道谢了一次又一次，并愿上帝保佑莱迪辛和他那好心肠的老板马里布。

莱迪辛说："还有一件事，夫人，您需要付给我一点儿钱，补偿我去找您所花费的财力和精力。您欠我一百兰特。"

"没问题，孩子。但我现在没有现金，明天银行开门后，我去兑现这张支票，给你一百兰特。你可以信任我，你知道我家住哪儿的。"

莱迪辛心想，如果她来的时候我正在外面办事，那该怎么办？她会把这个钱给秘书，甚至有可能给马里布，那他们就会知道我也在捞顾客的油水了。他向那位遗孀微微一笑，随后耳语道："我当然信任您，但不要把钱带到这里来。您可以寄给我，买一百兰特的邮政汇票寄给我。给，这是我的地址。"

那位遗孀高高兴兴地离开了。她刚一离开，马里布就把莱迪辛叫到自己办公室，表扬他干得不错，并说自己正在考虑给他加薪，随后问道："古廷区的新客户有几个小孩？"

"两个男孩。"

"那我们最好说有六个，他那个年龄完全可以有六个小孩，对吧？当然，他们还要都不满二十一岁，没有独立的生活能力。"

然后，他叫莱迪辛拿一包蜡烛，到街对面的大教堂去接受神父的祝福。马里布是个虔诚的基督教徒，他下班回家前会点燃一根蜡烛供奉上帝，让它在那个集宝保险柜上燃烧一整晚。

次日，莱迪辛无法起床，他发烧了，神志不清。关于新事故的报告传到办公室，却没有人前往现场。马里布眼看着生意要落到其他竞争者手上，钱也要跟着落入别人口袋里，大发雷霆。他亲自驾车到海点镇，看看莱迪辛到底出了什么问题。"你病得可真是时候。"他不满地咕哝道。

莱迪辛没听到马里布说什么，他在迷糊间看到了很多手臂，各种各样的手臂，小的、大的，孩子的、母亲的、父亲的、小婴儿的，所有手臂堆积成山，浓浓的黑血渗了出来。它们的主人都在嘲笑他，全都在嘲笑他。

睁眼时，他发现米丝蒂正坐在床边。一开始，他以为这是幻觉，但她真的在这里。她摸摸他的额头，说道："你终于醒了，体温也降下来了。唐珀洛洛听她丈夫说你病了，就告诉了我。我来这里给你喂汤已经喂了三天。昨天，我的一位医生朋友给你检查了一下，这是你的药。很高兴你现在好转。我得走了。桌上还有一些汤，还有一些烤饼和水果。"

"等等，别走。"

"我是请假来照顾你的。现在你好多了，我必须回去上班了，晚上我会来看你的。"

她冲他笑了笑，走出大门。听到她发动车子，加速离开的声音，他心里想，要是自己多生些病，米丝蒂就会一直照顾自己，永远照顾自己了。阿门！

6. 豪 宅

蛇群不必再痛苦了，可以看到它们在半山腰兴奋得直跳。晚上的时候，蛇的一家会聚集在火堆旁，蛇祖母会讲一个故事。过去，它们的生活非常悲惨，一个消瘦的女孩看上去很喜欢它们，用舞蹈迷惑它们，然后折磨它们，羞辱它们，迫使它们像丧家犬一样耍各种把戏。除了羞辱，她玩累时，还会活剥它们，把它们烤熟。蛇祖母作为这个悲惨故事的传承者，给小蛇们指着山腰上斑斑点点的蚁丘，说那些都是曾经烤蛇的炉子啊，是它们很多祖先的葬身之处。幸运的是，那个消瘦的姑娘已经找到其他乐趣，蚁丘也因为不用再被破坏而恢复生气，变得越来越大。

折磨它们的人已经不再消瘦，即便它们再见到她也不认识了。事实上，有的蛇可能在她每周去一次巴瓦洞穴的路上见过她，但没有认出她来。她已经三十岁，变得丰满起来，看上去比她的年龄要年轻许多。她还穿着红裙子，那条裙子依然和多年前刚买时一样。这是她愿意穿的唯一的裙子，它让她感觉离哥哥更近一些。她已经记不清有多少年没见到哥哥了。

村里的人一直很好奇她为什么如此美丽，其他年轻女人都要买面霜，搽在脸上，使皮肤光滑，使自己保持美丽，可没有看到她买那些东西，她的皮肤也如同婴儿般娇嫩。人们说这是因为她被黑河里的水蛇舔过，要不然为什么她那么频繁地去黑河，有时候甚至待到第二天才回来？

这时，蒂珂莎已经又开口说话了。过了那么多年，不知为何她终于打破了沉默。但她只在必要时才说话，而且觉得没有必要为自己辩护什么，所以就任由其他人猜测。她从不向别人解释，说自己和巴瓦洞穴的人还过着另一种生活，她吃他们的蜂蜜还有滋补草药，她生病的时候不用去诊所找玛丽护士，也不需要传统草药医生或者占卜师，而是让一些从医的男女治疗。他们从死亡之地获取力量，像拔箭一样从她的身体里拔出疾病。她在晚上的舞蹈中死去多次，次日清晨又醒过来，并且变得更加年轻。

村里的人还很好奇她一直戴着的那串珠链，那是由鸵鸟蛋壳做成的，但这个地区并没有鸵鸟。整个国家，甚至连莱索托低地都没有这种鸟类存在。那些去过南非白人的地盘、在白人的农场做工的人说，在南非干旱的沙漠里才有这种鸟。

她的美貌成了一个日常话题，田里锄地的妇人们在谈论，森林里拾柴的少女们在谈论，酒馆里的客人们讲故事的时候在谈论，哈沙曼的人和邻村的人碰到一起就会谈论。大家，尤其是男人，都认为她的美貌太可惜了，因为她还没结婚，或许是祖先用这种美貌来诅咒她。他们说这是因为她是在夜晚舞会被怀上的。

蒂珂莎确实非常美丽，是一种不合常理的美丽，一种狂野的美丽。美丽尽情彰显在她的脸上，令人陶醉，也让人自惭形秽。她身形玲珑有致，任何男人都为之疯狂。

这种美丽迷住了黑巧克力，他疯狂地爱恋着她，却从来得不到回应。他越来越频繁地出现在哈沙曼的村庄里，甚至比去他本应该在那儿踢球的莱索托低地还频繁。有人说他在球场上已经大不如前了，其实并不是这样，即便他已年满三十，但还是一名主将。在球场上，他的表现赢得观众雷鸣般的欢呼，足以让聋人都知道黑巧克力有多出色。但他越来越少出现在莱索托低地的球场上了，大多数时间都在哈沙曼蒂珂莎屋子门口眼巴巴地坐着，或是跟着她一边到处走一边乞求道："蒂珂莎，求你了，听我说，我可以为你做任何事，只要你愿意，我可以心甘情愿当你的奴隶。"

她对他视若无睹，好像什么都没发生一般，继续做自己的事。村民们都说黑巧克力成了蒂珂莎的尾巴。

村里开始流传一些新的流言，也是关于蒂珂莎的，只是人们不再当着她的面说一些可能会让她不高兴的话。这都是从老奶奶的尸体在自家小屋内被发现的时候开始的。

老奶奶失踪很多年了，她凭空消失了，人们甚至都把她遗忘了。她的地盘长满了杂草灌木，像小林子一样，她的房子成了废墟，人们都懒得探究她到底去哪儿了，都以为她是去自家人那儿了，因为每当她觉得没人在乎她，连她的女儿和外孙都不在乎她的时候，她就是这样放话威胁的。

老奶奶的遗体是被几个在这片废墟中玩捉迷藏的小孩发现的，尸体上的衣服已经破破烂烂的了。一位邻居认出那件衣服正是自己最后一次见到老奶奶时她穿的衣服。然后她又想起那一天蒂珂莎也在，并且在祖母家外面哭得特别凄惨。其他人也想起来，那天，小姑娘因为装饰壁画的事哭得很伤心，因此他们说一定是蒂珂莎的哭声害死了祖母。蒂珂莎大哭，一定会有人死亡。村民们开始对蒂珂莎友好起来，这样她就不会在他们屋外哭了。

村里的老人因为老奶奶的死而感到不安，他们后悔没有一个人肯花点时间去拜访一下她或去跟她打交道，而这些都只是因为她用便盆杀了她丈夫，还有一些流言蜚语说她能用高粱面包制作出妖怪。说她有一个妖怪，并派它出去折磨敌人。但大家都知道有很多人，包括教堂妇女工会的一些人也有妖怪或是能在夜晚骑着扫帚飞，但这些人也可以和村里其他人同在一个宗教团体，或是做个好邻居。举个例子，赫龙这个男人，就有用闪电摧毁敌人的能力，但他却是哈沙曼最受欢迎的人之一。老人们都不明白为什么他们孤立冷落了老奶奶，他们感到很担心："我们现在是不是像莱索托低地的人那样了？听说在马塞卢，哪怕你在一个地方住了很多年，都不一定知道你隔壁邻居的名字。"

其他人则为自己辩护，说自己不过是在效仿老奶奶的女儿和外孙。但他们仍很在意的是，决不能再让蒂珂莎有任何理由号啕大哭。他们恳求她母亲："求你了，单身妈妈，如果她再想在你的房子里画那些异教徒的图案，你就让她画吧。不要惹怒她，我们不想再看到有人像你母亲那样孤独地死去了。"

而单身妈妈此时关心的是其他事。几个星期前，一辆满载红砖的卡车停在她冷冷清清的小屋外。她像往常一样不在家，而是去拜访多女妈妈了。邻居家的小孩跑来叫她，当她赶回家看到卡车时大吃一惊，她以为卡车司机和那些坐在砖头上的劳工迷路了。司机看到她就问："你是单身妈妈吗？"

"是的，我是。"

"这些都是你在马塞卢的儿子给你的。"

"给我砖头？他跟你们说我吃砖头吗？他走了那么多年，到头来就给我一车砖头？"

"这是给你建新房子用的。你看，这是建房计划书，还有更多的材料要送来，水泥、屋瓦，等等。这将会是村里最好的房子，里面有很多房间，甚至还有一间浴室。他要我务必给你这封信。"

单身妈妈双手颤抖着打开信封，里面全都是纸币。卡车司机当面帮她把钱点清，以证明自己没有私藏，总共有一千兰特。她激动得大汗淋漓、呼吸沉重，觉得自己是在做梦，于是偷偷掐了自己几下，又叫卡车司机狠狠掐她，但司机再三向她保证她并不是在做梦，她的儿子现在在马塞卢成了富豪。她一边尖叫一边挥舞着信封，赶紧跑去告诉多女妈妈。

那一周，越来越多的卡车运来建筑材料，建筑工人也用波状钢给自己建了小屋。到了晚上，他们就煮帕帕和肉当晚餐，然后弹奏吉他，拉手风琴唱歌，吸引了村里的很多年轻人前来加入，这让单身妈妈家的周围弥漫着节日的气息。蒂珂莎没有去巴瓦洞穴的时候，会远远地看着这些欢庆活动，她的身体不由自主地随着歌曲悄悄舞动。尽管表面一片平静，但内心早如狂风激荡。

莱索托低地的建筑工真是太敬业了，他们从不宿醉误工，即使晚上在单身妈妈家门口聚会狂欢，破晓时也会起床开工。每天都有卡车运来建筑材料，工人们的建房效率非常高。

人们开始议论，说这房子真是奢侈浪费，村民们都很奇怪，单身妈妈和蒂珂莎两人要这么多房间干吗？人们都数不过来到底有多少房间。之前，玛丽护士的诊所是村里房间最多的房子，有五个房间。其中一间是玛丽护士的卧室，第二间是厨房，里面还有个冰箱，用来存放疫苗，第三间房用来存放药物，病人们都在第四间房登记等候，随后被叫到第五间房检查。一般由玛丽护士给他们检查，但有些特殊的日子会有白人医生乘坐移动医生服务航班从马塞卢来坐诊。诊所的每个房间都有不同的用途。

那单身妈妈的房子要那么多房间干吗？这房子的房间肯定不止十间，两个人怎么用得上这么多房间？即便是莱迪辛回到村里，这些房间对他们三人来说也还是太多了，就算他要结婚，这么多房间还是会浪费。村民们总结说，这都是他的自尊心在作怪，就跟多年前他拒绝老太太们的钱一样。他只是想炫耀自己的财富。他们评论说，他建造这个房子是想和之前村里的首富多女爸爸一较高下。

赫龙气愤地反驳说：“是谁说多女爸爸不再是村里的首富了？那个自命不凡的小男孩建了一所莱索托低地的漂亮房子，并不意味着他就是首富了。你知道多女爸爸有几千头牛吗？你去他的棚舍里数过吗？不过，话说回来，那小子从哪儿赚了这么多钱？”

这是村里的所有人都想问的问题，他们听从莱索托低地来的人说，莱迪辛是马塞卢的律师，然后单身妈妈就开始在各种宴会上吹嘘自己这么个贫苦农妇却培养出了一个律师。她不断地对大家说：“上帝是伟大的。”人们又在背后议论说，一个律师，从来都不给自己母亲和妹妹寄一个子儿，这有什么好的。

后来有一天，唐珀洛洛来探望父母的时候，戳破了单身妈妈美好幻想的泡泡。她尖锐的声音毫不留情地说：“才不是呢，莱迪辛才不是一个律师。要想当律师的话必须先去罗马的大学学习两年，然后再去一个叫爱丁堡的城市再学两年，那是在一片叫苏格兰的土地上，最后到罗马学习一年，这样下来总共要五年。莱迪辛没有受过那些训练，他不是律师，他只是律师的仆人，是一个专门为主人办事的小角色。"

再后来，唐珀洛洛来探望父母的时候，幸灾乐祸地告诉村里人，莱迪辛失业了，他因为发烧而无法工作，让那位律师损失了很多钱。她那出色的丈夫因为同属法律体系，和律师关系密切，这次也受到牵连，损失了很多钱。这也活该莱迪辛又失业，再次成为一无是处的破布。她火上浇油地说："你们知道吗，莱迪辛给那位杰出律师打工的工作机会，还是通过我丈夫得到的。在莱索托，工作机会那么稀缺，可他却不好好珍惜，当作儿戏一样。"

而米丝蒂和黑巧克力则每次回来都告诉大家莱迪辛成功的正面消息。米丝蒂说自己有时会见到莱迪辛，他已经建立了自己的保险评估公司。虽然村民们不知道那是什么意思，但当米丝蒂解释说他代表车祸中的那些受害者时，他们得出结论，不管唐珀洛洛怎么说，在他们眼里，莱迪辛就是一个律师。而黑巧克力对于莱迪辛的工作则含糊其辞，他只知道莱迪辛开奔驰，这比他的那辆车要豪华得多。黑巧克力的那辆车已经很旧了，每当他开车经过时，小孩们都会唱歌嘲笑他的车子。他自己也往往在自己的公寓外找地方停车，而不像以前停在路边了。黑巧克力真的没怎么关心莱迪辛的工作，他的心全都被蒂珂莎和她带给自己的痛苦占据了。

十个月后，房子建成了，此时村里有个小婴儿呱呱坠地，这是莱索托低地的建筑工人聚会的结果。老人们把这个归咎于单身妈妈，不过她不在乎，此时的她，整个人都轻飘飘的，好不快活。她给自己买了新裙子、新的西纳莫雷纳牌毯子、新鞋子，甚至还有新的女士连裤袜，也给蒂珂莎买了两条新裙子和一双新鞋。可是蒂珂莎拒绝了，说她有那条红裙子就够了。她也不要任何毯子，冬天披上那条旧驴皮毯就够了。

多女妈妈在努力劝说好友："单身妈妈，你很幸运有一个这么关心母亲的儿子，但把钱都花在买衣服上实在不明智。你应该在邮局存一些钱，以备不时之需，我们家就是这么做的。每当多女爸爸卖了羊毛、马海毛或者把一些老牛卖给莱索托低地的屠宰场后，我们不会乱花钱去买各种没用的东西，而是把钱存在邮局里。"

但是单身妈妈并没有兴趣听任何人的意见，即使是像多女妈妈这种对理财有着丰富经验的人。她说："多女妈妈，我这辈子都很贫困，都在为讨口饭吃或者讨件衣服穿而苦苦挣扎。感谢上帝让我有你这么好的朋友，要不然我和我的孩子根本没办法生存。现在上帝保佑，让我有个这么有钱的儿子，我当然要尽情享受生活。我从来没拥有过这些漂亮的东西，我以前根本买不起，现在有钱了，就让我放纵一下。人生苦短，活在当下。"

这座屋子是村里人有生以来见到的最漂亮的房子，去过莱索托低地首都的人都说，它都可以跟马塞卢热门的郊区地段的房子媲美了。去过矿井的男人大多都见过无数豪宅，但他们都担保说，没有哪所房子比得上单身妈妈家。大多数女人和孩子都没去过哈沙曼和邻村以外的地方，对他们来说，这所房子就是奇迹般的存在。他们想象耶稣在《圣经》中说的"在我父的家里有许多住处",指的就是单身妈妈家。这座房子被漆成白色,屋顶盖红色瓦片,村里的人见过的最好的房子,屋顶都是波状钢,而不是瓦片。房子有很多玻璃窗,有的甚至比门还大,地面上铺着地毯,柔软得好像新毛毯一样。后来又有很多卡车运来家具:大床、桌子、沙发和各种奇怪的东西。单身妈妈的生活肯定比这片土地的玛摩亚托女王过得还好。玛摩亚托女王的丈夫莫修修二世在莱索托低地的马塞卢、马特新都有宫殿。

屋子里有一个房间很特别,这个大房间的地面由光滑的平板铺成,三面墙都被镜子覆盖,里面没有任何家具。建筑工头说:"这个特别的房间是莱迪辛专门留给他妹妹的,她可以在这间房里跳舞,莱迪辛还指示我们把这个牌子挂在门外,上面写着:蒂珂莎的舞蹈室。"

单身妈妈觉得这太荒谬了,在这么封闭的空间对着镜子跳舞有什么意义?舞蹈就应该和其他人一起分享。但这些都是莱迪辛掏的钱,如果他对这个为妹妹建的舞蹈室很满意,那也就没什么话说了。

但蒂珂莎对这个舞蹈室并不感兴趣,她对那座房子也没有兴趣。她说她要在自己以前的那个小屋里待一辈子。单身妈妈很生气,指责蒂珂莎对于哥哥为她们做的这些这么好的事情不知感恩,还威胁说要拆掉蒂珂莎的小屋,但多女妈妈劝阻她说:"单身妈妈,不要激怒蒂珂莎。你想听到她再次大哭吗?你又不是不知道会有什么后果。"

蒂珂莎从未踏入新家一步,她住在自己的小屋,有时候去巴瓦洞穴,过着平静的生活。

7. 1986年政变

　　维多利亚酒店的客房内，莱迪辛被外面巨大的欢庆声吵醒。刺耳的汽笛声、欢乐的笑声、歌声，还有欢呼声传到了房间里。他透过十楼的窗户看向京世威道，人们都在马塞卢的这条主干道上跳舞喧闹。很多人手拿带着绿叶的树枝，还有人爬上旗杆扯下国旗。装甲车车顶坐着武装士兵，车身也装饰着刚折下来的树枝，车子在京世威道缓慢行驶，人们围着车子唱歌跳舞。人群后面是汽车队，鸣笛声淹没了马塞卢市中心。莱迪辛打开床头的收音机，莱索托电台伴着军乐播出消息：一场政变开始了。

　　终于开始了，政府早已衰落。十六年前，国民党拒绝将政权移交给赢得选举的国大党，好不容易坚持到现在，到头来却被自己的军队推翻。京世威道上，人们一路为军队欢唱，他们向边防哨所前进，像击球手一样挥舞着树枝，为他们所认为的新自由而沸腾。

　　莱迪辛在隔壁的浴室快速冲了个澡，然后喷上雅男士牌古龙香水，穿上牛仔裤和浅黄色非洲衬衫。衬衫正面和袖口上有精美繁复、粉白相间的刺绣图案，一看就知道出自加比之手。加比曾经引进西非的时尚文化，在马塞卢掀起一阵流行热潮。现在是一月，天还挺热的。莱迪辛身着宽松的服装，感觉很舒服，再搭配一双手工制造的罗马凉鞋，这身出门造型堪称完美。

为了更加彰显身份，他给自己烫过的头发抹上发蜡，梳理整齐。他很为自己烫直的头发感到骄傲，这让他看上去更像约翰内斯堡的社会名流。他在《步伐》和《击鼓》杂志上看到的那些人就是这副打扮。在约翰内斯堡，连老头子都要把头发烫直，不像马塞卢的那些精英，他们不喜欢这样，认为这不符合非洲文化特色，一点非洲人的样子都没有。在蓝瑟旅馆，每晚都聚集起马塞卢的很多公务员和商人，他们在这里喝酒，同时也取笑莱迪辛的发型。不过莱迪辛不在乎，他认为这些人嘲笑他，正是因为他们不了解真正的富人应该是什么样的。如果约翰内斯堡的富人们把头发拉直，他也会去把头发拉直，他把自己和那些富人归为一类。

他乘坐电梯来到一楼，对着前台接待员笑了笑，走出玻璃大门。接待员们对他议论纷纷，因为他似乎对女人没什么兴趣。"他这么有钱，真是可惜了。"其中一人感叹道："他这么有钱，却没见他跟哪个女孩在一起。"

"我以为你可以得到任何你想要的男人呢。"

"我试过，但没成功。他对我彬彬有礼，就像对一个小妹妹似的。"

"那是因为他是同性恋者。"

"同性恋？"

"你看，他的脚那么小，同性恋者的脚都很小。"

莱迪辛穿过停车场，来到专车车位，那是专门用来停放他的车子的。他从不掩饰对这辆豪车的喜爱，这是一辆黑色S级奔驰，粉丝们因为它的车前灯，都叫它"中国眼"。他开出酒店，加入京世威道的车流，那些车子一路鸣笛，驶向南非边界，他好奇地跟了上去。

在边境，莱索托这边的边防哨所大门敞开，人群涌进莫霍卡尔河上的窄桥，走到南非这边的空地上，载歌载舞。美国大使头戴牛仔帽，脚穿牛仔靴，已经在那里接受电视台的采访，告诉记者们，莱布阿总理的暴君政府终于被推翻了，他的政府给人民带来的苦难太多了。

莱迪辛在想，他的对手马里布现在怎么样了。马里布曾是政府的亲密顾问，还是总理的好友。莱迪辛希望士兵把马里布关起来。这倒不是因为他为莱布阿政府被推翻感到多高兴，毕竟他也因和政府的部长还有常务书记打交道而捞了不少钱。他只是希望他在保险索赔业务上最大的对手马里布不再妨碍他发财，那样莱迪辛就是从南到北所有交通事故保险业务的龙头了。

人们围绕着美国大使欢歌起舞，大使挥手微笑，好像一位慈祥的老爷爷。南非的士兵在办理护照的大楼的走廊上面无表情地看着这些舞蹈。大使在摄像机前跟民众握手祝贺，看上去很激动，好像这天的事情触动了他的内心，事实上，他事先就知道政府要在这天被推翻。

尽管莱迪辛从没见过莱布阿总理，但他还是渐渐喜欢上了这位总理，主要是因为总理的喜剧性广播电台。他最大的政敌也喜欢听这些电台节目，因为实在太幽默了。他曾经威胁要给他的政敌"好看"，意思是要给他们狠狠一击。这句话随即流行起来，迷你裙也被称作"'好看'的玩意儿"。

莱迪辛为莱布阿感到可惜，虽然他从没忘记十六年前莱布阿的政变毁了自己的生活。那时，莱布阿还很听西方世界的话。当他决定私下勾结那些东方的坏小子时，麻烦也就随之而来：他跟古巴和苏联建立外交关系，他的电台变得越来越"左"倾；朝鲜人帮他建了一个体育场，给他的党派的青年团提供军事训练；更糟糕的是，他给南非难民提供庇护。

南非对莱布阿的这些作为很不高兴，命令他立即停止对共产党的帮助，并提醒他，1965 年第一轮选举，正因为有南非的支持他才获胜，后来，已故的南非总理维沃德也努力给他的饥民配给食物，这些人因此在选举中给莱布阿投票。他怎么能忘记这些呢？他怎么能忘记他最大的对手，正在流亡的国大党领导人莫赫勒在第一轮选举中溃败，怎能忘记正因为有南非的支持，他才能在 1970 年国大党赢得选举的情况下还可以掌握兵权。

但莱布阿太固执了，已经决定今后不再依靠曾经的伙伴。他拒绝将非洲人国民大会①的难民驱逐出境，也不愿意与东方集团的伙伴断绝关系。与此同时，青年团也变得越来越目中无人，如果军队在党内稍有逾矩，青年团便会用严厉的纪律来威胁他们，这也使这两个团体越发疏远。

南非政府已经厌倦和莱布阿玩这些把戏，于是封锁了边境线，禁止向莱索托进出口货品。几天之后，莱索托便耗尽了汽油和卷心菜。

---

① 南非非洲人国民大会（African National Congress）为南非主要政党，简称非国大，是南非最大的黑人民族主义政党，也是南非跨种族的政党。——译注

美国大使多少提前知道了一些禁止进出口的消息，在边界封锁前几天，大使馆外已经停满了油罐车。

军队高级将领和南非统治者进行了严肃会谈，决定推翻造成这些麻烦的政府，最后终于成功。百姓们高兴地跳起舞来，边界也开放了，汽油和卷心菜运进了莱索托。政变领导人勒坎亚因为从饥饿和死亡中拯救了整个国家而大受赞赏，当之无愧地成了当月最热门的候选人。

在开车回酒店的路上，莱迪辛感到很伤感，他的同胞居然庆祝和南非白人联手推翻自己的政府。他和这个国家的其他人一样，从小就被教育，说布尔人是他们的敌人。现在有些东西已经不复从前。

车里的电台还在播放军乐，这让莱迪辛想起了多年前的第一次政变，他那时躺在位于马费滕的小房间的床上，电台里挑衅般地宣告，不管你愿不愿意，莱布阿就是政府。他那时的生活和现在相差甚远，第一次政变时，他的事业跌入低谷，这次政变时，他成了富豪。他决心还要继续往上爬，成为国内首富。当然，这也多亏了他的对手马里布，要不是马里布在那天仅仅因为莱迪辛发烧而开除他，说不定现在莱迪辛还是个卑微的小职员。他憎恨马里布的不公，但也要谢谢马里布，正是马里布的残酷，自己才走上了财富无尽的道路。

他被开除后，成立了自己的保险索赔公司，继续自己曾为马里布所做的工作。最初他是在海点镇的那个小房间里工作，保险公司都不过问他的资质，对他们而言，最重要的是他了解这份工作，并且他的索赔也有模有样，他们都不怎么怀疑他对赔偿金的估价，这都是因为他在为马里布工作的时候学会了所有把戏。他重新用起了他的教会名字，并把自己的真实名字英语化，他的公司叫约瑟夫·莱迪辛保险索赔顾问公司。保险公司从来不管他是不是律师，或许他们想当然地认为从事这个行业的一定是律师。不论如何，他没做任何违法的事，没有法律规定只有律师才能代表顾客进行第三方索赔。但大多数律师不愿意卷进第三方保险索赔，因为这行生意太跌身份，他们都把自己当作受尊敬的司法界人士，靠民事纠纷或者刑事案件，甚至是公司法律案件来挣钱，不想涉及第三方保险那种低级生意。他们会要求事故受害人去找莱迪辛，在少数情况下会出现争吵，甚至吵上法庭。那时，莱迪辛会请一位真正的律师代表他的公司出庭。

他最大的竞争对手是马里布，但莱迪辛确信自己会是最后的赢家。他的客户比马里布多，并且很多交警以前受雇于马里布，现在转投他的阵营，因为他给的佣金更高，就连莫所伊，这个曾经在他开创事业时取笑过他的人，现在也在积极地向他通告事故。除了这些警察，莱迪辛考虑得比马里布更远：他还收买了拖车管理员、救护车司机，还有很多医务工作者和太平间工人，这样，一有关于机动车事故的消息他们就会通知他。这确实让马里布震惊了，想必他正坐在位于博诺姆的办公室里密谋如何摧毁这位年轻的暴发户。

现在又是一场政变，这会对他们的财富有什么影响呢？莱迪辛一边思考这个问题，一边开车驶向维多利亚酒店去吃早午餐。他喜欢这家酒店，因为它位于市中心主干道边，距离他的办公室只有几条街。虽然维多利亚酒店不是这里最好的酒店，最好的是市区那座山上的莱索托太阳酒店，还有马塞卢太阳私人酒店。但维多利亚酒店很舒适，不像那两家酒店有赌场，还成了境外游客的大本营。不过维多利亚酒店算得上是妓女的大本营，每个周末，负一楼的迪斯科舞厅震得酒店墙壁都在晃动。

之所以要忍受住酒店，是因为他正在存钱，为了在马塞卢的热门郊区建造一座宅邸。这座宅邸一定要比马里布的大，他决定自己的所有东西都要比马里布的好。他的车子已经胜过马里布的奥迪了，他的办公室在豪华的莱索托银行大厦里，而马里布还在那栋破破烂烂的博诺姆楼。虽然博诺姆曾经也是这座城市里最好的楼，但这一年马塞卢的建筑面貌早已发生翻天覆地的变化，新建筑如雨后春笋一般冒出来，在维多利亚酒店附近形成了一个现代中心城区。莱迪辛要建一座豪宅，像总理的家那样的豪宅，或许比那个还要更大，还要配上奥林匹克标准的泳池和按摩浴缸，它将比国王的宫殿还要大。

想起他在村子里已经有一座豪宅的时候，他不禁笑了——虽然那并不是他真正的房子，他可不会再住在大山里了，他已经在城市里生根发芽了。村里的那座宅邸属于他母亲和妹妹，听说自五年前房子建成以来，蒂珂莎从未踏进去一步，他很伤心，因为这是专门为她建造的。他甚至还为她建了一间舞蹈室。但不知道蒂珂莎是怎么想的，她是个有自己想法的女人。或许她在生他的气。这怎么可以怪她呢？他已经离开哈沙曼十八年了，十八年来，他们没见过面，他甚至都没机会亲眼看看自己为家里建造的房子。

黑巧克力是莱迪辛和家里唯一的联系，对蒂珂莎狂热的渴望让这个男人经常去哈沙曼。他给莱迪辛带来蒂珂莎的消息，这样莱迪辛就能掌握她的动态。但现在这种联系也断了，因为年纪过大，这颗明星不能再在莱索托低地的足球场上闪闪发光了。在一场极其无聊的比赛中，他被对手一脚踢中腰部，这让他在医院躺了好几个星期。医生说他的肾或膀胱或那部位的某个地方已经受损，建议他不要再踢球。他只能回到家中，但什么都做不了，因为过去那么多年，他只会用球技来娱乐大众。就连他的车子也出了问题，最后在路边报废，被一群他不认识的人拿来养鸡。

莱迪辛想着或许给蒂珂莎写信会有用，但他知道她不会读他的信的。他非常希望可以让她理解自己，这么多年没回去，是因为他发过誓要像黑巧克力一样衣锦还乡。他之前一直没有成功，等到他成功后，每当他计划回哈沙曼，就会有重大交通事故发生。他开始自立门户后，便没有休过一天假，这个国家的公路就像个屠宰场，太多人在此丧命，有太多钱可以赚。如果休假，就会给像马里布那样的人可乘之机，让他们得到这么多的赚钱机会，而自己只能吃他们的剩饭。但他终有一天会回去的，他会满载荣耀回到哈沙曼。

而且，不管怎样，蒂珂莎也要为这么长时间的分离负一部分责任，因为他试过接她来莱索托低地，给她寄过两次机票，都被她拒绝了。

他很想念她，难以想象她现在三十五岁了会是什么样子。他最鲜活的记忆是在巴瓦洞穴，她双脚探进炉子。他记得的只有那双脚，还有在温暖的余烬中翻动的红裙子。

他坐在办公桌前，面前一摞保险索赔表格等着他去填，但他内心一直想着蒂珂莎。他想，自己需要一名助手了，他已经无法分身同时追查事故、填表以及接各种电话了。现场作业耗费了他大量的时间，还有办公室工作，他习惯用这个词来称呼填写表格的工作。他不想雇用助手，并非因为那样就得分享利润，毕竟他付给交警的钱已经多到足够他们买车，他担心的是教会别人这种暴利交易，别人会自立门户，和自己竞争。毕竟自己就是这样对马里布的。

这栋楼里很有趣，各个办公室的人都聚在走廊里谈论政变的事。显然，这一天大家都没有事做。他让秘书锁好门下班，自己拿上包去蓝瑟旅馆，那里与他的办公室只隔一个街区。

他点了一杯啤酒，加入了公务员的聊天队伍，他们正在谈论前政府的内阁大臣以及他们的行踪。只要想听最新的小道消息，尤其是关于内阁成员会议或者私生活的消息，莱迪辛就会去蓝瑟。高级公务员在这儿喝酒，他们的世界太小了，因此没事就只能闲聊别人的八卦。如果你想知道下个月谁会升职，或者谁会丢掉饭碗，你就去蓝瑟。如果你想知道哪位内阁大臣或首席秘书睡了哪个部门头头的妻子，你就买一杯啤酒静静地坐在这个殖民酒吧里。

此外，蓝瑟也是个谈生意的好地方。在这里，承包商付钱给首席秘书和各部门的部长，以便拿到政府合约。在这里，很多普通公务员成了新的百万富翁。这里的氛围确实很适合莱迪辛这样的人。

接下来的几星期，新的军事政府在巩固政权，勒坎亚成了军事参议会主席。国王莫修修二世此前一直都是立宪制君主，如今手握行政大权。他们组建了一个没有实权的内阁，并分配了各部门的部长，每一个部门的领导都由大字不识的军事参议会的大兵担任。

高速公路、机场还有其他东西都不再以莱布阿的名字命名，统统都改了名字，甚至连国旗也换了。那些被怀疑支持莱布阿政府的士兵都被关起来，其中两名高级军官在狱中被杀。被认为对新政府有威胁的人面临着被强力剿灭的危险。南非难民被驱逐出境，逃亡赞比亚，身为邻里的南非白人对此感到很高兴，很安心。

这些对莱迪辛都没有什么影响，政府崛起又衰败，新领导人取代了老领导人，新领导人迟早会变成老领导人。但机动车事故永远都会发生，只有这一点是不变的。这是这个不可预测的世界上唯一可以肯定的事情。

他坐在办公桌前，这张桌子有马里布的办公室那么大。他在考虑这些事件的进展时，电话尖锐的铃声粗鲁地打断了这些空想。秘书说："莱迪辛先生，特鲁珀·莫所伊找您。"他真讨厌莫所伊！他对莫所伊的憎恨就和背上的疤痕一样永不消退。

"接进来吧。"

"嘿，老师，您好吗？"

"别说废话了，事故在哪儿？"

"在通往泰亚泰亚嫩镇的公路上，是一辆面包车。但你最好快点儿，那些贪心的人都来了，我会在海湾拖住他们，直到你来。"

他驾驶着车子上了京世威道，就在贯通南北地区的高速公路的主环岛前，他紧急踩住刹车，路的正中间有一个洞，要不是他及时刹车，车子就掉进这个深洞里了。洞周围并没有任何危险标志。

身着橘色工作服的工人们总在马塞卢的公路上挖沟，永远不知道他们在找什么。他们好像一直没找到，所以一年又一年地挖，每天都在城里不同的地方挖。有时没有任何警示，就用鼓封闭道路，或者放置上红色的三角形小牌，这种东西在远处根本看不到。有时他们没心情做这些，那就一点警示都没有。

这些神秘的沟经常给道路造成数星期的裂缝，也给莱迪辛这样的人带来很多好处，因为每周都会有很多车掉入这种陷阱。不过莱迪辛认为这都是浪费时间，因为很少有人死于市中心的车祸。这跟马塞卢那些美女一样，过马路时心不在焉，尤其在工作日中午更是如此，即便被汽车撞倒，她们也不会死亡。莱迪辛只对大买卖感兴趣，也就是那些死者要养家糊口的。那样，死者家属就会获得很多赔偿金。当然，只要有人死于车祸，只要死者年满十六岁，只要是莱迪辛处理索赔，莱迪辛就会把他设定为养家糊口的人，有很多家眷。

莱迪辛发现，后面排了长长的车龙，已经不能掉头。司机们粗鲁地冲着莱迪辛按喇叭，催促他快走。他试着表明前面有沟，不能前行。离他近的车发现了这个问题，让后面的车掉头，共花了十分钟才把信息传达到队列的最后一辆车，然后又花了二十分钟他才从这团混乱中脱身，从另一条路开往泰亚泰亚嫩。

莱迪辛很生气，因为他莫名其妙地浪费了很多时间。他知道莫所伊肯定会生气，有时候莫所伊好像忘了谁才是老板。莱迪辛思忖，或许这正是好好利用自己地位的时候，就好比妻子的工作没有做到位时，丈夫就应该好好教训一下。

抛开这些不快的情绪，想到上周莫所伊带着乌青的眼眶和伤痕累累的手臂来到他酒店时，莱迪辛大笑起来。显然，他和往常一样，被唐珀洛洛暴打了一顿："这次你犯了什么错？"莱迪辛问。

"我们吃晚饭的时候，她说我嚼东西的声音太大，打扰她了。"

"你是张着嘴嚼东西的吗？"

"不是，我总是闭着嘴嚼东西，但她突然说我打扰她了。她说从现在开始，我必须去另一个房间吃东西。我试图跟她讲道理，她就扑向我，抓着我的生殖器用力拧。我痛苦地尖叫，她的拳头雨点般落在我脸上。"

"那你想要我做什么？你知道，只要是关于揍你的问题，唐珀洛洛谁的话也不听。"

"她跟你可是同乡，老师。你就跟她谈谈吧，但今晚可不可以先给我腾出睡觉的地儿？"

"只能睡一晚，莫所伊，我可不能跟你共用一间房。"

次日早上，莫所伊求莱迪辛送他回家，并帮忙向他妻子解释自己是在哪里过夜的。"我可以送你回去，但我会在门前把你放下，我可不想在唐珀洛洛那儿自取其辱。"莱迪辛说。

他们走出去经过前台的时候，莱迪辛听到接待员在小声地笑。一个接待员对另一个轻声说："你看，我是怎么跟你说的？他就是那样的人。他们两人在他房间过夜，而且另一个男的漂亮得像个女人。"

"太丢人了，有只眼睛都黑了，"另一个接待员说，"让他看起来没那么帅了。我肯定，情侣吵架了。"

莱迪辛不在乎她们怎么想自己，他只是大笑，把钥匙给她们，并祝她们愉快，随后把莫所伊送回可怕的家中，让他在门口下车。唐珀洛洛肯定又会揍他一次，不过莱迪辛无所谓，只要不打死莫所伊就行。他在公路业务上很需要莫所伊，因为莫所伊很会找出好的事故。除了这个人，还有谁能在泰亚泰亚嫩公路上探查出这种事故呢？

但当他赶到事故现场时，受害者已经不在那儿了，莫所伊也不在，只剩下那些想占便宜的人在那儿争夺战利品。他们把出租车的零件拆下来，有个人带着电池离开了，有两个人在争夺一个看上去像是水泵的零件，还有一个人拿到了一个完整的离合器。公路上有几滩血，像小水池似的，但这些人毫不在乎地踩着这些血抢夺战利品。

莱迪辛觉得这些人的所作所为令人作呕，他直接开往泰亚泰亚嫩医院，认为事故受害人应该被送到那里了。他果然在那儿找到了愤怒的莫所伊。"老师，你到底出什么问题了？我试图把所有人都拖在海湾，甚至当救护车来的时候我还拦着不让他们把受害人带走。我装作还要测量公路和刹车距离，找各种借口。但我不能一直测量，那些人快要死亡，我不能不让救护车走。你最好抓紧时间！"

莱迪辛想解释为什么会迟到，但莫所伊根本没心情理会。他骂莱迪辛想剥夺他的佣金，怒吼道自己还有很多家庭账单要付，而这些都是莱迪辛的那位老乡造成的，即便加上他从超载出租车和违法停车的司机那里接受的贿赂，也无法满足唐珀洛洛对奢侈品的追求。随后他还加上一句，如果他们这次没有争取到客户，莱迪辛要补偿他的损失。

莱迪辛耐心听完他的痛骂和咆哮，等他发泄完后，莱迪辛冷冷地说："你似乎忘了我才是老板，莫所伊。你要是愿意，随时可以走人。我不需要你，你也知道我还有很多其他消息来源。"

"你一定是在开玩笑。"

"我没开玩笑，事实上我就是想来告诉你，你被炒了！来办公室领你最后一笔佣金，以后不要再大半夜敲我的门了。"

"对不起，老师！十分抱歉！我没有恶意，只是因为唐珀洛洛……求您了，老师，不要开除我，你知道我是为了您才背叛马里布的，您现在不能开除我。"

最后，莱迪辛允许莫所伊继续待在工作岗位上，当然，这都是因为自己仁慈。

莱迪辛转身大步走向病房，护士们都忙着缝合包扎事故伤者的伤口，唯一的医生忙着治疗一个接一个的病人。莱迪辛四处观望，寻找利润最大的客户。在一个屏幕后，他终于找到了目标：一位全身上下包括脸部似乎都被血块覆盖的老男人。两位护士正试着用纱布和棉球帮他清理伤口。莱迪辛对护士说："这就是我要找的人。"

"你是他亲戚？"

"不算是。他是我的客户，我是他的律师。我可以单独跟他谈五分钟吗？"

"你现在得等着。医生说我们要为他准备紧急手术，要不然他会死的。"

那位浑身是血的男人微微睁开双眼，想看清楚莱迪辛，含糊地问："他想从我这儿得到什么？"说话间，鲜血从嘴里流了出来。

"听着，老人家，我是来向你介绍第三方保险的。因为你遭遇了这场事故，你或你的家人有权得到一大笔钱……好几千兰特。但你需要先在这些文件上签字，这样我就可以帮你索赔。"

一位护士把莱迪辛拉到一旁，生气地在他耳边低声说："你想眼看着这个男人死掉吗？你有没有羞耻心啊？到底是谁允许你进来的？"

"你去问问你的负责人是谁给我许可的吧。如果这个男人要死了，那我更应该跟他谈谈。你希望他死后没给他的孩子留下一个子儿吗？如果他活下来了，他更需要那笔赔偿，因为他显然下半辈子腿会跛。我需要他签署这些表格。"

话音刚落，就听到一位病人在呻吟，护士赶回自己的工作岗位上。莱迪辛拿出钢笔，开始询问全身血块的男人姓名、地址、老板和家属的名字。护士用轮椅推着这位病人走向手术室，莱迪辛跟着一边慢跑，一边匆匆记下艰难地从病人嘴里得到的关于他和他家人的信息。莱迪辛请求护士稍微停一下，让病人签个名，但她们故意不理他，继续赶往手术室。他把笔用力按在病人满是鲜血的手中，但病人因为伤口太痛，连笔都拿不住。到了手术室，当病人消失在门后时，莱迪辛还在他身后叫着："如果有其他律师来找你谈第三方保险的事，告诉他你已经有律师了！"

他走向车子，决定自己做所有基本工作。首先开车去那个浑身是血的男人的家乡，争取到他家人的签名，毕竟如果这个男人死了，这些家人就会成为原告；然后回医院看这个男人死了没有，如果手术救活了这个男人，莱迪辛会让他以原告的身份签字。他会尽快赶回来，以防其他人来哄骗这个病人签字。幸运的话，这个男人可能活不下来，但莱迪辛仍不敢掉以轻心。

这天的任务完成了，莱迪辛傍晚冲了个澡，像往常一样喷上雅男士香水。他有两场重要会面，因此需要展现自己最好的一面，尤其是第二场会面。他打开衣柜，寻找最合适的衣服。衣柜横杆上挂满了西装，有适合葬礼的庄重的衣服，也有艳丽的服装。他从特价商店买回来的灰色西装挂在这些昂贵的衣物正中间。他轻抚着这套西装，尽管因为长胖了许多，他没有再穿它，但他仍然相信它可以给自己带来好运。每当有重大事件，他都会摸摸这套西装，以求好运。

他选择了一套白色西装，宽檐帽，配黑色衬衣、红色领带、红袜子和黑白相间的皮鞋。他觉得自己看上去像是五十年代好莱坞电影里的流氓痞子，但他喜欢这种感觉。马塞卢的那些上流人士穿的都是长袍，所以每当他这样打扮的时候，人们经常在他背后评头论足，认为他像个美国皮条客。

他先去蓝瑟，和平时不同，他没去上层公务员闲聊的酒吧，而是走向电视休息室。那里只有几个人，其中大多数是女人，正端着啤酒或红酒，在沙发上放松地看着电视里播放的美国情景喜剧。他选了一个安静的角落，点了杯啤酒，看着电视，搞不懂为什么人们觉得这么白痴的节目很有趣，这种节目甚至可以控制你在什么时候发笑。

几分钟之后，乔·巴莱医生来到他坐的那个角落。巴莱身着便装，是个身体结实、胡子拉碴的男人，是政府医院的医生。他坐在莱迪辛身边，也点了啤酒，然后从一个信封里拿出了一摞纸递给莱迪辛。莱迪辛仔细检查了每一张纸，然后给了巴莱一个满意的眼神："这些报告做得很好，乔。"

他看的是一份医学报告，是关于一周前遭遇车祸的一位妇女的。尽管当时车子受损严重，但司机和作为乘客的这位妇女都没有受伤。事故发生后，他们俩自己步行至附近的医院，在那里被诊断为受惊过度，随后立刻就出院了。这确实没什么可以向保险公司索赔的，但莱迪辛对此不满意，将这位妇女委托给著名的巴莱医生做详细检查，发现事实上这位可怜的妇女已经瘫痪。莱迪辛微笑着，看到报告上写着她已经无法自己走路，而且不可能继续自己以前的裁缝生意了，因为那场车祸已经使她的右臂毫无知觉。

"你真的是太棒了，乔。"莱迪辛称赞道，"这些报告很有创意，毫无疑问，你会得到丰厚的佣金。"

"你带了上次报告的支票没有？"

"当然带了，但那些死亡证明，乔，拜托你帮我盯着点，好让我快点拿到上周事故的死亡证明。"

"我会尽力的。"

莱迪辛给了他一个信封，他接过信封看都没看就放进了衬衫口袋里。

莱迪辛又前往马塞卢太阳私人酒店，心想，有一个像乔·巴莱这样有本领的人在自己的团队里真是太棒了。保险公司坚持所有索赔都要附上医学报告或死亡证明，所以以认识一位可以做这种医学报告的医生有很大帮助。这是他超过马里布的一个优势。

警察报告也要附在索赔报告中，交警们在这方面很勤劳地提供了帮助。这是他超过马里布的第二点。

他试图推开在酒店大厅里列队欢迎他的侍者，可惜没有成功，只好扔了几枚硬币到这群强盗口袋中。随后，他走向酒吧，米丝蒂已经在高脚凳上坐着喝果汁了。她那冷静严肃的装扮总让莱迪辛惊讶，她虽然没有像他一样用各种化学制品把头发烫直，但看上去总是很精致。

"我迟到了吗？"莱迪辛抱歉地问道。

"没有，是我早到了。"她回答的时候带着阳光般的微笑，让莱迪辛觉得自己要被融化了。他想说点什么来开心一下，或者表现得聪明一点，却不知道说什么。米丝蒂总会这样影响他，让他在她面前变成大傻瓜，但她也知道如何让他放松下来。

"你不坐下来吗？"她问。他拉过另一张高脚凳，坐在她身边。

"你在这儿舒服吗？或者我们去贵宾室坐？"他问。

"坐这里挺好的，再说了，我们经常坐在这里。这里熟悉点。"

自从他发烧期间她来照顾他之后，过去几年，他每两个月都会约她出来一次，但今天很特殊。"我想今天或许我们可以一起吃顿饭，这里有很棒的海鲜自助餐。"他们去餐厅取餐后便坐下用餐。莱迪辛喝了很多红酒，希望这样可以增强自己的勇气。今天是关键机会，如果不说出自己的心意，就永远说不出来了。这会让他后悔一辈子，并且永远快乐不起来。

他最终开口了："米丝蒂，我们已经认识很多年了。我很抱歉一直没有告诉你我的心意。"

"我知道你的心意，莱迪辛。"

"你知道？你怎么会知道？"

"莱迪辛，我是个女人，我也会观察。当我们在村子里还是孩子的时候，我就知道了。我多希望你会来告诉我，也希望你能知道我对你有同样的感觉，但你知道女人是不会主动的。"

"噢，天啊！我之前居然没发现，我怎么会没发现的？好在现在也不是太晚，米丝蒂。我们可以弥补我们错过的时光。"

"恐怕已经太晚。"

"你有别人了吗？"

"不，没有。"

"那怎么会晚呢？我爱你，我这辈子只爱着你。嫁给我吧，米丝蒂。"

"不行，莱迪辛。你不了解我。我身上发生了一些你永远也不会明白的事，这里面有些事我自己都不了解。我永远也不能嫁给你了。"

"我已经做好接受一切的准备了，我可以接受真实的你。米丝蒂，不论你做过什么错事，对我来讲你都是完美的，我也有很多缺点。我已经准备好接受那些我不明白的东西。时间不等人，我们已经三十五岁，不该浪费共度一生的机会。"

但她不想再讨论这个问题，恳求他能理解她有足够的理由拒绝他的求婚，并希望他们仍然是好朋友。

他们安静地走向停车场，握过手后，她上了自己的车离去。他后悔了，不应该握手的，应该把她搂进怀里，然后用力亲吻她。他在那儿站了一会儿，感到迷失、麻木。

回到维多利亚酒店后，他没回房间，而是去了酒吧，他要喝个烂醉。他坐在吧台边，点了一瓶又一瓶啤酒，当憔悴的莫所伊进来时，他已经不知道喝了多少瓶酒了。莫所伊是他清醒时见到的最后一个人。

"听着，我想一个人待着，好吗？我有一些问题要想清楚。"

"我也有问题，老师。这就是我来这里见你的原因。"

莫所伊丢了交警工作。勒坎亚政府要清理忠于前政府的人，莫所伊曾与国民党的青年团联系紧密，因此被军事政府认作安全威胁。

"你要帮帮我，老师。我告诉唐珀洛洛我丢了工作时，她揍了我一顿。"

"我能问一下为什么我要帮你吗？十六年前你们政变的时候我也丢了工作，你帮了我吗？没有！你也打了我，我背上还有当时留下的伤疤，你忘了吗？"

"老师，我以为我们都忘了那些事了。我们那时太年轻太愚蠢了。如果我伤了你，我道歉，对不起，老师。"

"快滚开，你这蠢货！我今天被拒绝了，我无法接受。现在你又带着那些愚蠢的麻烦来找我。"

莱迪辛挥舞拳头，好像要打这位伙伴。这场面对于妓女们和维多利亚酒吧的其他常客来说很有趣，尤其是当莫所伊走开，坐在稍远一点的凳子上，双手抱头，开始轻声哭泣的时候。

"他怎么了？"一个妓女问道。

另一个回答："你不知道吗？据说他们是情人。他们肯定吵架了。"

还有一个说："太可惜了，他长得这么漂亮，那个男人怎么忍心惹这么漂亮的人哭。"

整个酒吧爆发出一阵笑声。

莫所伊啜泣道："你知道，老师，您的富裕也有我的功劳。我向您报告的事故比任何人都多。我帮您赚了很多钱，但我有困难的时候您却不愿意帮我。"

"伙计，你要我怎么帮你？"

"给我一份工作，这样唐珀洛洛就可以让我回家了。"

"你真是个受虐狂，莫所伊。你想回到她身边？"

"我爱她，老师，我全心全意地爱她。"

莫所伊的目光悲痛，漂亮的脸蛋因为沾满了眼泪鼻涕而光彩尽失。莱迪辛有些可怜他，想到自己确实需要一个助手，需要一个人帮他在现场做一些基本工作。

"好吧，伙计，不要哭了。我会给你一份工作，你可以当我的仆人，给我洗车，在我上完厕所后帮我擦干净。"

莱迪辛站起来，摇摇晃晃地走向门口，但还没走到门口便倒在地毯上了。酒店的两名保安过来将他扶起。在他们把他送回房间时，他的眼泪涌了出来，流到脸颊上。

8. 音乐家

沙纳就这么出现了，没人知道他怎么会在这里。一天早上，村民们起床后发现他在弹琴，他就这样凭空出现了。没人知道他来自何处，是谁家的孩子，他实实在在地出现在那里。

沙纳是个流浪儿，披着破烂的灰色毯子。他光着的双脚像石头一般坚硬，上面布满黑色的灰尘，脚底的裂口深到可以放进一枚五分钱硬币。但他的小手却非常灵巧，可以奏出优美的音乐。

他不论在哪儿都会演奏他的乐器，左手大拇指按在琴上唯一的琴弦的不同位置，发出不同音调，右手则用马尾小弓轻抚琴弦。这声音和一个用旧油罐做的共鸣箱发生共鸣，产生的音乐非常美妙，连路人都忍不住驻足聆听。他们很惊讶这么小的小孩居然可以把木头做的琴轻松地架在瘦弱的肩上。这把木琴压得他更矮小了，时不时还会碰到他乱糟糟的长发。琴弦在左手手指激烈的按压击打下，在共鸣箱和脖子之间闪闪发光。

村民们都说，沙纳的琴声听上去像是天使的乐器演奏出来的，他的歌声在自己演奏的小提琴曲般的音乐下也像是天使在唱歌。他唱的歌全是自己作的曲。多女爸爸后来收留了他，给他提供食宿，还经常跟访客说："一般来说，能作出优美曲子的人嗓音难听，且唱不好自己的歌，但沙纳是作曲人中的奇迹，他的嗓音就像天使的一样。"

他长得也如天使般纯洁漂亮。他不到十岁，和所有小孩一样，有着一张天真无邪的脸，但他唱出的歌就一点也不像天使了。他唱的都是关于女人给丈夫带来的麻烦、恶毒的女人和有妇之夫私奔、现代的妻子都太自大而不听从丈夫的话，还有现代女人欲壑难填、对性的渴求永远无法满足等等。

大家都很惊异他怎么会唱这种歌。"这是他自己创作的歌曲。"多女爸爸把自己当作沙纳的监护人，替沙纳回答道。人们说："是的，这是他创作的歌曲，但这么小的小孩怎么会知道这些东西？"这个问题就连多女爸爸也无法回答。妇女们想知道，这个看上去像天使的孩子应该也是由一个女人带到这个世界来的，为何要通过如此天真的童音如此恶毒地诅咒女性。

多女爸爸原本想着沙纳可以帮忙照看牛群，但他将牛赶到草原上后，便坐在蚁丘上演奏木琴。牧童们都凑过来听他演奏，有的还拿着自己的木琴或者用低音羽毛乐器合奏起来。没有人注意牛群在别人的农田里迷路，踩坏了庄稼，结果要赔农田主人一大笔钱，牧童们因为这个自然免不了一顿鞭打。多女爸爸也准备打沙纳的，可看到沙纳那纯洁的双眼，就忍不住将手中的皮鞭放下，说："沙纳，你不准去放牛了，要不然我每天都要赔偿别人一笔钱。我不知道拿你怎么办，但你必须做点事情来换取在这里的食宿。"

有时候，沙纳站在农田间的道路上演奏悲伤的音乐。村民们说那是他在渴望母爱。其他人，尤其是女人，都怀疑他是不是真的有母亲。卡车满载着袋装或盒装的物资，送往杂货店或者玛丽护士的诊所，经过时飞扬的红色尘土落在他身上，但他仍旧站在那里演奏木琴。有的卡车里载着的是回家探亲的外出打工者，参与打碎石头建造公路的自助工程队的女工回家也是坐这种卡车，他们都在车里向他挥手欢呼。他身上堆积了越来越多的红色尘土，最后看上去就像是用黏土做成的似的，而他却演奏得更欢了，嘴里还唱着歌，都是关于被抛弃的情人和妻子不忠的事。

蒂珂莎好像被沙纳吸引了，每当听到琴声，她都会冲出小屋，坐在门廊上。沙纳则会专门为她演奏。他经常为有鉴赏力的听众演奏。在他眼里，蒂珂莎是村里鉴赏水平最高的人，因为她听的时候一言不发，听得很投入，嘴巴张开，眼睛一眨不眨地盯着他肩上的共鸣箱。他不在乎在那儿站几个小时只为她一人演奏。演奏完保留节目，他就继续给田地里的小鸟演奏，而蒂珂莎也会转身回到自己的小屋或者巴瓦洞穴。

她已经不像以前那样频繁地去巴瓦洞穴了，晚上的舞蹈也不像以前那么振奋人心了。舞会上有着丰满臀部的舞者越来越少。莱索托低地游客的名字已经渐渐侵蚀到洞穴深处，有的名字旁边还有日期，这样子孙后代就会知道在某月某日，这些大人物来到了巴瓦洞穴，将名字写在壁画上。他们把那些舞者因禁在墙壁上，蒂珂莎越来越难将他们召唤出来。无知的学生也在这些神圣的壁画上涂画，或者用不同颜色的粉笔给这些古老艺术上色，想让它们变得更好看。

野兽女舞者告诉她："总有一天，你在这里将见不到我们，现在的境况已经太艰难了。这种舞蹈正在消亡。"每次她去洞穴，都以为这是最后一次。起初，她以为只要清理干净墙上那些大人物恶心的胡乱书写和那些误入歧途的孩子的涂鸦，就可以拯救那个传统舞蹈，但她很快就意识到，如果她要清理，势必会破坏那些神圣的画作，加速舞蹈的消亡。

因此当她召唤不到洞穴的朋友时，她便在沙纳的音乐里寻求慰藉，并在心里跟着沙纳一起歌唱。只不过她换了他的歌词，她将这个病态的世界归咎于男人。

黑巧克力因为蒂珂莎如此关注沙纳而心生嫉妒，他还没有放弃得到蒂珂莎的念头。他现在的日子很不好过，自从受伤无法踢球后，他便失业了，四年来都没再踏入莱索托低地一步。他大部分时间都在哈沙曼，很少在他的家乡哈沙克。在哈沙曼，他如果没有坐在蒂珂莎的屋子外，手按着小保险别针，就在拜访马赛琳娜祖母。

马赛琳娜祖母是多女爸爸的母亲，她自己住的那间圆形茅屋就在儿子的大房子后面。她年龄很大，知情人说她已经一百多岁了。她的脸看上去就像是脱了水的桃子，眼睛因为年老而斜视。

她总是很欢迎访客，向他们讲述自己曾经如何在黄金之地上放荡不羁，她所说的黄金之地指的是约翰内斯堡和自由邦省的矿井。"孩子，我曾经可是阅男无数。"她骄傲地宣称。黄金之地鼎盛时期，她跟着那些俄国人东奔西跑。那是在多女爸爸出生之前很久的事了，她还吹嘘自己亲眼见过俄罗斯战争。

马赛琳娜祖母曾是塞瓦拉拉诗歌的一名歌手，这种歌手很特别，她们豪放地声称自己曾有多放荡，见识过约翰内斯堡的很多男人，但这只是为了强化她们在这个社会中的形象。真正有这些经历的人马上就能判断出你是不是在撒谎。他们肯定地说："马赛琳娜的这些经历确实是真的。"

尽管多女爸爸和多女妈妈对她悉心照顾，她还是抱怨他们不够关心她，也不经常来看她。事实上，自从她不能自己做饭后，多女妈妈和一个女儿每天都给她送饭，而且时不时就有邻居来拜访，因为她可是多女爸爸的母亲。但她还是不住地抱怨自己的家庭抛弃了她。她断言，终有一天，她会在自己的小屋子里孤独地死去。就像老奶奶一样，死去多年之后才被人发现。

黑巧克力每天都会和马赛琳娜祖母坐几个小时。当她的外孙女们来送饭时，她们知道他也在那儿，所以会多带点食物。马赛琳娜祖母会先吃，然后剩下一些放在盘子里留给他，这就是他一天唯一的一顿饭了。他有时会给酿酒的妇女们帮忙，用独轮推车带着塑料桶运水，那时，她们会给他一些前一天剩下的帕帕残渣，或是一些酿酒时过滤出来的发酵谷物。在马赛琳娜祖母那里，他吃的食物要好得多，至少有新鲜的帕帕和牛奶，有时候是酸粥，每周都有一顿带着肉汁和油炸动物内脏的帕帕，那是因为家里杀了鸡，为周日的大餐做准备。每年冬天，多女爸爸会宰一头猪，黑巧克力就会吃上很多肉，尤其是马赛琳娜祖母留在盘子里的肥肉。

马赛琳娜祖母吹嘘自己放荡的日子时，黑巧克力也吹嘘自己当足球明星时的日子。每当回忆起那段时光，他的双眼就开始放光。"我曾在马塞卢生活。"他说着，脸上表情变得奇妙起来。

村民们都很好奇，马赛琳娜祖母是如何忍受黑巧克力身上的小便味道的。自从球场上那次事故之后，他经常尿失禁，裤子的胯部位置也因为经常湿透而磨损。夏天的时候，苍蝇跟在他身边嗡嗡作响。人们都尽量避开他，除了马赛琳娜祖母，人们说，那是因为她年老，嗅觉失灵了。

当孩子们不听家长的话贪玩时，黑巧克力就成了教育他们的例子。母亲会这样对自己的儿女说："如果你再不听话，你就会尿裤子，身上的味道就像黑巧克力那样。"甚至在小孩撒谎和偷糖果的时候，他们的母亲也会警告说，他们的膀胱会爆炸，然后会尿裤子。"你看到黑巧克力是什么样了吧？那都是因为他在你这么大的时候没听父母的话，像你一样撒谎。"

太阳正热的时候，黑巧克力坐在蒂珂莎的屋子外，苍蝇围绕着他嗡嗡叫，他的小便味在四周飘荡。蒂珂莎从窗户看过来，冲他大叫："快走开，黑巧克力。你的苍蝇快吵死我了。"她这样说话的时候很少见：蒂珂莎只在她认为必要的时候才说话。但黑巧克力不会离开，蒂珂莎请求道："我要去我的卷心菜园，黑巧克力，你身上的味道让我头晕。"他还是寸步不移，只是看着她的目光如同受伤的小鹿。

蒂珂莎只能忍受着那股味道，走向屋后的菜园。自从不那么频繁地去洞穴后，她开始种卷心菜了。没人知道她从哪儿得来的种子或幼苗，也不知道她怎么会有这个想法。在这个村里，成功种植卷心菜可谓闻所未闻，他们只能从自由邦省进口。她要用村里的土壤来种卷心菜，大多数人听了之后都嘲笑她，说她总是特立独行。但有的人，比如飞机场的赫龙，则说她是个创新者。

通常，当她在浇水前用木棍在大卷心菜的茎周围松土时，黑巧克力会来帮忙，但她嘘声赶走他。随后沙纳来演奏木琴，卷心菜便长得更大了。蒂珂莎知道是因为沙纳的音乐，自己才能种植成功。这些作物在沙纳出现以前根本不长，她尝试用罐子装植物，但它们经常死亡；她还尝试给它们浇很多水，可它们还是活不了。

黑巧克力很嫉妒这个小男孩，但事实上蒂珂莎和沙纳从没说过话。沙纳来了，他对黑巧克力视而不见，他演奏音乐，蒂珂莎听。卷心菜生长，他离开，蒂珂莎回到屋子里继续之前做的事。黑巧克力坐在外面，然后去帮酿酒的人和宴会主人运水，或者和马赛琳娜祖母待在一起。

有一天，黑巧克力正坐在蒂珂莎的屋子外，看到一辆很奇怪的车正在靠近，然后停在屋子和单身妈妈的大房子之间。他走近细看，尽管车上覆满了村里的红色尘土，但他还是认出那是一辆路虎揽胜。他在想谁能开着这种车来哈沙曼，这时，两个男人下了车，其中一个身材瘦长，穿着长袍，头戴配套的帽子。他的同伴要稍胖，并且更矮一些。黑巧克力一眼就认出了他们。

"莱迪辛！我的老朋友，莱迪辛！还有特鲁珀·莫所伊。"

"你是谁？"莱迪辛冷冷地问。

"这是黑巧克力。"莫所伊热情地回答。

"谁问你了？"莱迪辛打断莫所伊的话，随即转向黑巧克力，问他过得如何。他回答说："过得很好，谢谢。"除了蒂珂莎带来的烦恼之外。莱迪辛给了他二十兰特现金，黑巧克力不住地道谢，说，莱迪辛才是真正的朋友，没有忘记老朋友。

"我的母亲……和蒂珂莎，她们在哪里？"

"不知道，莱迪辛。她们都不在家。求你了，莱迪辛，跟蒂珂莎谈谈吧，她不应该这样对我。"

莱迪辛没理睬他，径直向自家的大房子走去，莫所伊紧跟着他。黑巧克力也跟了上去，只不过保持了一段距离。

这座房子现在已不复当初的富丽堂皇，大多数窗户都坏了，似乎所有东西都破了。在进屋之前，莱迪辛转身说："莫所伊，去告诉那个男人，不准跟进屋，我可不想让他的气味污染这里。"

多年来，莱迪辛都想象这座房子会像宫殿一样，所以对眼前所看到的一切感到极为震惊。每间房都布满了蜘蛛网，蝙蝠倒挂在天花板上，舞蹈室的镜子蒙上了厚厚的灰尘，已经照不出任何影像。地板上都是灰尘，好像沙漠一样。只有一间房打扫得很干净，原本是作厨房用的，现在显然是单身妈妈住的地方。里面有她的床，一个角落里立着一个装满她衣服的箱子。

起初，单身妈妈很为这座房子感到骄傲。它是村里，甚至是整个地区谈论的话题，来参观巴瓦洞穴的游客也会来看看这幢房子，好奇这么昂贵的房子怎么会建在这个村里。但单身妈妈无法给这么大的房子保洁，她要花一整天的时间来打扫房间。"为什么我要浪费所有时间来打扫这些房间呢？"她对她的好友多女妈妈说："除了鬼魂，没有人住那些房间，我打个喷嚏都能听到回声。"

村民们开始取笑这座房子，问："单身妈妈会如何处理这座像教堂似的房子？"他们的嘲笑过分到让单身妈妈向好友表示想回到以前的屋子。"一个人住在这么大的房子里，我怕鬼，即使我小声说话，也会传来回声。我想念以前的生活，我喜欢将牛屎糊在地面，而不是整天清洗地毯，擦净瓷砖。"

但多女妈妈再次警告她不要回到以前的屋子，说："蒂珂莎住在那儿呢，如果你想把她赶出去，或者想搬进去和她一起住，她可能又会大哭……"

整座房子空荡荡的。

莱迪辛走出去，问正好奇地围着他的车的孩子们，是否知道单身妈妈在哪里。孩子们一阵窃笑后爆发出大笑，然后跑开，边跑边喊，大家都该来看看，这儿有个男人穿裙子。莱迪辛咒骂着，小声嘀咕："真是未开化的野蛮人，他们从没见过西非服装。我会让他们知道，这件宽大的长袍只有加比才设计得出来。"随后他命令莫所伊和他一起去多女爸爸家，看看有没有人知道单身妈妈在哪儿。

"求你了，别让我去那里。你知道那是唐珀洛洛的家。"莫所伊恳求道。

"那又怎样？莫所伊，你必须跟我一起去，我才不在乎那是谁的家，就算是上帝的家你也得跟我去。"

他们走向多女爸爸家的房子，黑巧克力悄悄地跟在后面。莱迪辛很高兴唐珀洛洛的父母将看到现在自己多有出息，比他们那个曾被政府重视的警察女婿还要有出息。

多女爸爸和多女妈妈都在家，他们很高兴地欢迎访客。两人热情地和莱迪辛握手后，多女爸爸也和莫所伊握手拥抱。当然，根据习俗，莫所伊不能和岳母握手，连碰都不能碰一下。

两位老人以为莫所伊是专门来探望他们的，他们有好多问题要问他："唐珀洛洛过得怎么样？你们还没有孩子吗？你们两个好久都没来看我们了，唐珀洛洛怎么没跟你来？"

莫所伊回答说："唐珀洛洛正忙着教书呢。"

莱迪辛粗鲁地打断他："这可不是理由。你怎么不告诉他们，她不能和你一起来，是因为你是在办公事？快提桶去大坝那里打水，然后把车子洗干净。一定要把灰尘都洗掉，我想让它亮光光的。"

莫所伊默默地离开了，留下目瞪口呆的岳父岳母。

他们还没缓过神，莱迪辛就开口了："我找我母亲。你们知道她在哪儿吗？还有蒂珂莎呢？"多女妈妈结结巴巴地回答说，她也不知道蒂珂莎去哪里了，可能去黑河或者任何她觉得奇妙的地方。单身妈妈去参加自助工程队了，和那些妇女一起修路。

莱迪辛之前开车在距离村子大概五英里的地方看到那些自助工人了，她们用大锤子砸开石头，每次修路就砸一块大石头。村里总会有一些工程，但这些工人里面只有两个男人。男人们都渐渐不喜欢在自助工程队里工作了，即使是在他们没有为白人挖矿的时候，农耕时节过后，男人们也都喜欢坐在树下，一边喝啤酒一边玩南非直棋。

那些在自助工程队工作的大多是养家糊口或者独自抚养孩子的妇女，被称作黄金寡妇，因为她们的丈夫在矿井里干一辈子的活，每年只回家一两次，每次就停留几天。有的则是真寡妇，丈夫死在了黄金之地黑暗的矿井下。剩下的就是丈夫被外面的世界征服、抛妻弃子留在约翰内斯堡或马塞卢的贫民窟，组建新的家庭。

莱迪辛不知道单身妈妈居然也加入了这支队伍。修建公路的那些工人都被轻蔑地称作"大胸脯的推土机"。他很生母亲的气，明明他的儿子富裕到学生们都在歌颂他惊人的财富，她竟然自暴自弃，参加了自助工程队。他不知道她拿自己寄给她的钱干吗了，难道拿去在酒馆里和朋友挥霍光了？

莱迪辛向多女妈妈道谢之后，就去找已经把车洗干净的莫所伊。很多村民好奇地围着那辆闪闪发光的车子，对很多人来说，这是他们有生以来最近距离看小车了。他们只偶尔见过卡车和破破烂烂的路虎以及丰田开到哈沙曼。看到莱迪辛的时候，他们都哧哧地笑起来，其中很多年轻人还不认识他。年龄大一点的记得很清楚，当初他去莱索托低地时明明穿的是裤子，于是小声说："单身妈妈的儿子变成女人了吗？怎么穿了条裙子？"

下午晚些时候，莱迪辛和莫所伊坐在自家豪宅厨房外，正商量新的商业策略，这时，看到一位老妇人正往这边走。当她走近时，莱迪辛认出那竟然是自己的母亲。她看上去疲惫不堪，非常憔悴，从白头巾下面露出来的几缕头发已经全白了。他看到母亲这个样子感觉很心痛，在他的印象里，母亲是一个活泼苗条、热爱宴会的女人。他从没想过自己的母亲会变得这么老，别人的母亲会老才对。他甚至对多女妈妈感到气愤，因为岁月没让她有什么变化。她有什么权利看上去那么年轻，而自己的母亲则衰老得这么快？

"妈，我寄给你的钱都哪儿去了？"莱迪辛甚至没有等母亲向自己打招呼，就急忙问道。

"你就是这样跟你母亲打招呼的？二十年来第一次回家就问我钱的事情？"

"因为我太震惊了，妈，我给你寄钱就是为了让你不过苦日子。可我现在看到的是什么？你居然为了一罐食用油去自助工程队打工！"

"孩子，我可不是因为没饭吃才去自助工程队的，我是要为我的社区做贡献。等公路修好后，连巴士都可以来哈沙曼了。我们还将看到村里有更多的进步。"

莱迪辛走近去端详她，确定这真是自己的母亲，但他不了解这个在他面前谈论"社区"和"进步"的老妇人。二十年可以让一个人改变这么多吗，尤其是一个原本设法过上无忧无虑的生活的人？

单身妈妈告诉他，她已经把他寄来的钱都按照多女妈妈的建议存进了邮局。她不需要那么多钱，所以慷慨地分给那些需要钱的人。甚至连她从自助工程队得到的食用油和面粉，她也给了邻居——那些和奶奶住在一起的小孩。他们的父母死于车祸，一辆卡车在山上的公路翻车，冲下了山坡，孩子们从那之后就成了孤儿。

莱迪辛灵敏的耳朵一下子捕捉到了关键信息："你听到了吗，莫所伊？"

"是的，我立刻去看看那位奶奶，并让她签署表格。可怜的山区居民，他们都不知道可以因此获得一大笔钱。"

"这是因为车祸发生在山区，我们从来不知道这些事故。不管怎么样，我们已经掌握了莱索托低地了。"说着，他猛然记起自己身处何地，便赶紧继续问，"妈，蒂珂莎在哪里？"

"这……你知道你妹妹是什么样的人。"

"她在哪里？"

"她说你要回来的时候，我还不相信。"

"她现在说话了？她是怎么知道我要回来的？我昨晚一时

冲动决定回来，在那之前我自己都不知道我会回来。如果我一直拖延，想等没有车祸发生的时候再回来，那我永远都见不到我亲爱的母亲和妹妹了。她在哪儿？"

单身妈妈回答："我不知道，但她今早起床时说，她要离开，因为她不想见你。等你回到莱索托低地时她再回来，莱索托低地才是你的归属。"

这让莱迪辛很受伤。

那一晚，莫所伊睡在路虎揽胜里，莱迪辛睡在母亲放在厨房里的床上，单身妈妈睡在多女妈妈家众多屋子中的一间。多女妈妈笑她："你有村里最大的房子，却无处睡觉。"

第二天早晨，莱迪辛派莫所伊去邻居家租一些牛。他给了莫所伊很多十兰特钞票。

"我的主人需要租你们的牛，就今天一天。"莫所伊告诉邻居，"他会给你们丰厚的酬金。"

"他想用牛干吗？他疯了，还是要施什么巫术？大家都说看到他昨天穿了条裙子。"

"他年轻的时候是牧童，他很喜欢牛。"

"那他应该自己买才是，他那么有钱。但他当然不会这样做，我们都知道他有多刻薄。我们还记得他对那些想给他钱的可怜老太太做的事情。现在她们都死了，但她们在坟墓里也不会忘记你的主人对她们的所作所为。"

"他很忙，也没时间养牛。可能等老了退休之后，他会买一整个棚舍自己放牛。但现在他只想租你们几头牛来满足一下自己的心愿。"

最后有人同意租给莱迪辛几头牛，因为给的报酬实在太丰厚了。但他们派自家牧童偷偷监视莱迪辛，以防他伤害牛。其他人则拒绝了，说从没听说过租牛这回事，他们可不愿意在自己珍贵的财产上信任他。

莱迪辛一边演奏着羽毛做的乐器，一边带着牛群出村子，村民都走出门来看他。一长队各种各样的牛跟着他，他带着这些牛去黑河河边农田附近的草地吃草。他放了一整天，晚上才带着它们回到牛栏。

次日清晨，莱迪辛和莫所伊坐上路虎揽胜，开始踏上回莱索托低地的长途。莱迪辛很高兴满足了自己放牛的愿望，同时也为没有见到妹妹而遗憾。他心想，过去那么多年来，自己确实有很多理由留在莱索托低地不回家。她为什么不愿意给他一个解释的机会呢？

两人在车里这样安静地过了几个小时，莫所伊开过一个个急转弯。莱迪辛打开收音机收听莱索托电台。和以前一样，电台里播放的消息还是关于国王、军事委员会、内阁大臣之类的。为什么总是播放关于领导人的新闻呢？难道农村就没有什么事情发生了吗？难道世界就没有什么新闻了吗？他记得莱布阿时代也是这个样子，那些普通人辛勤工作了一辈子，有好的一面也有不好的一面，却从来没有关于他们的报道，除非为那些文盲部长或军事顾问捧场。

他关掉收音机，开始播放杉可莫塔乐队的磁带。莱迪辛很崇拜这个乐队的领队弗兰克·李帕，认为他的音乐是世界上最棒的。

他们两人在漫长的路途上非常安静，莱迪辛一直在注意自己。可能他们两人除了公路事故遇难者之外没有任何共同的话题。他偷偷看了莫所伊一眼。这个人心里在想什么？他看向莫所伊的目光充满同情。他让莫所伊在岳父母面前丢尽了脸，他突然感到很愧疚，可他不会告诉莫所伊这些，否则会把莫所伊宠坏的，但他发誓不会再那样对莫所伊了。这么漂亮的脸蛋真是可惜了，都被唐珀洛洛的拳头给毁了。

为什么唐珀洛洛要把这个男人打得这么惨？这周早些时候，莱迪辛无意遇到了她，她的态度并不坏。他本来是要去连锁商店买信纸的，碰到唐珀洛洛正高兴地看着那些讨人喜欢的玩具。售货员小姐正向一群小孩展示新款泰迪熊，泰迪熊全身雪白，毛茸茸的，每个爪子上都有一颗红心。售货员小姐按下其中一颗红心，泰迪熊唱起了圣诞歌。唐珀洛洛大笑起来，像那些孩子一样开心，她拿起一个泰迪熊，按下红心，音乐响起时，她又大笑起来。

莱迪辛走上前，她看上去很高兴遇见他，微笑着靠近他的脸庞，身体都快碰到他了。她的香水味令人陶醉。她说，自己太喜欢那些可爱的泰迪熊和各种填充动物玩具了，甚至收藏了这些玩具和各种娃娃，给它们取了可爱的名字。她说这些的时候不住地触碰他的手。莱迪辛总结道，喜欢娃娃和填充动物玩具的女人不会是坏女人。

她又按了一下红心，泰迪熊唱起"来吧，虔诚的人们"，她随着轻哼了一会儿，又大笑起来。她的笑声低沉洪亮，全身跟着颤抖，莱迪辛爱上了这样的她。

他又偷偷看了莫所伊一眼。

9. 大干旱

这片土地已经两年多没下雨了。盛夏，曾经葱翠的草地现在只有无精打采的零星小草，牛群面对这些没有水分的干枯食物一点食欲都没有，但为了生存还是得咽下去。但显然，这也满足不了它们的需求。它们瘦骨嶙峋，连肋骨都数得清楚，这还算是幸运的。很多牛都被饿死了，每天都有，越来越多，人们也试图咽下那些多筋且没有水分的肉。

烈日下，农民们试图耕地，但他们的努力好像只是给地面挠痒，坚硬的地面似乎在嘲笑他们的无力。他们抬头望天，那是天堂所在的位置，上帝所在的地方。以前一切都顺利的时候，他们对上帝漠不关心，现在却在向上帝虔诚地祈祷降雨。但雨水并没有到来，即使是福音派牧师号召大家周日祈祷，神父做了一场又一场的弥撒，雨还是没有下。这真是世纪大干旱。

莫修修二世擅长求雨，可他已经不在这个国家。自从莱布阿领导的第一次政变起，无数次的政权斗争让愤怒持续发酵。在其中一次斗争中，勒坎亚将他驱逐到英格兰，使他颠沛流离。莫修修的支持者说这就是没下雨的原因，因为国王被放逐他乡，留下他可怜的子民像孤儿一般在家乡守候。而那些不支

持君主政体的人则说驱逐他是正确的，首先，他不应该将自己
卷入政治。他们还说，他拿着子民辛苦赚的血汗钱，却没有给
他们任何回报。

　　用驴子驮着大袋玉米在磨坊外排长队的景象已经不复存
在。人们已经没有玉米可以用来磨面了，草编的筒仓已经空空
如也，只能从杂货铺买玉米面。可杂货铺的白玉米面早已卖
完，只剩下黄玉米面，这还是从南非进口的，而南非也是从其
他国家进口的。黄玉米面通常是用来喂牲口的，但这种时候人
们只能靠这个果腹，将它烹饪成红帕帕。红帕帕很难吃，但习
惯之后，甚至觉得它比以前的白帕帕好吃多了。

　　哈沙曼和全国其他村子一样，烈日炙烤着大地。但哈沙
曼的田野绿油油的，每次旱灾都如此，村庄并未受到影响。政
府派来的推广人员说，这是因为这里的土地深处很潮湿，村民
们说土地之所以这么富饶，是因为浸透了黄金寡妇的泪水，那
是她们为死在矿井里或留在黄金城市的丈夫所流的泪。可每个
镇、每个村都有黄金寡妇，为什么哈沙曼的黄金寡妇的泪水就
这么不同呢？没人知道答案。

　　每当有客上门，下雨就成了主要话题。多女爸爸向再次回
到哈沙曼的莱迪辛抱怨："根本没有雨，这样我们都不知道怎
么耕地了。"他虽然这样抱怨，可筒仓还是满满的。不论干旱
与否，他总可以大丰收，因为他的牛栏里有很多肥料，还有推
广人员推荐他在农村合作社买的各种肥料。黄金寡妇的泪水只
是用来额外补充。"是全国都不下雨，还是上帝只惩罚山谷中
的这个村子？"

　　莱迪辛向多女爸爸保证，全国都干旱，他说："甚至连布

尔人的自由邦省也难逃此劫。你还算幸运的，因为你的田里还有些农作物，虽然不如下雨时那么繁茂。从莱索托低地开车回来的路上，我看到的景象凄惨到足以让成年男人都掉眼泪，零星从地里冒出来的农作物不是被毒辣的阳光烤焦就是缺水枯萎。"

莱迪辛开始定期拜访这个村庄。三个原因驱使他回哈沙曼。一是他再次尝到了放牛吃草的快乐，并且不打算放弃这种享受，他每隔一周就会回来放牛。诚然，周末是莱索托低地的事故高发时段，超载的出租车经常超速，以便能快点去搭载别的乘客。没有人遵守交通规则，公路成了年轻人展现横冲直撞的竞技场。但莱迪辛太渴望放牛，只好打发莫所伊去事故现场。

莱迪辛回来的第二个原因，是他希望蒂珂莎最后会同意跟他说话。但是她太固执了，完全不理睬他。她没有像他第一次回来拜访时那样消失得无影无踪，她认为这个村子，尤其是这间圆顶屋是自己的归属，所以她不会因为一个属于莱索托低地的陌生人而逃跑。但当莱迪辛来村里的时候，她会把自己锁在屋里，直到他离去，他敲她的房门敲到指关节生疼，门也没开。

莱迪辛叫单身妈妈跟妹妹谈一下，但她说没时间浪费在那个被宠坏的孩子身上，她有一堆社区事务和工程要忙，有公路要修建，还要修建大坝和公共菜园。村里的妇女都想从蒂珂莎的卷心菜菜地里找到种植窍门，在公共菜园中积极种植卷心菜、胡萝卜和菠菜。她们自给自足，不需要假借他人之手，不像在莱索托低地，那儿的公共菜园还需要德国人、美国人还有其他国家的白人帮忙。

单身妈妈没时间处理莱迪辛和他妹妹的问题。大部分时间，她都在大坝上和村里的其他妇女一起挖土。地面和石头一样坚硬，但这些妇女还在坚持。她们相信，总会有一天，她们起床时会发现大坝里蓄满了黄金寡妇的泪水。

莱迪辛见母亲不帮自己，便想用自己的办法去见蒂珂莎。他想破门而入，可是村民，尤其是多女妈妈严厉警告他不要做出任何惹蒂珂莎大哭的事情。她建议："不要强迫她见你，我们从不强迫她做她不愿意做的事情，因为我们知道那样做的后果。她迟早会改变想法，同意见你的。她的心很多变，这都是因为她是她母亲在舞会上怀上的姑娘。"

他尽管不知道多女妈妈到底想说什么，但还是接受了她的建议，不再去打扰妹妹。他很想给多女妈妈和多女爸爸留下好印象，这也是他来哈沙曼的第三个原因，他想收买这两位老人，这样他们就会同意他做自己的新女婿。这个女儿不像那些没接受过高等教育的姑娘，都嫁给山里的牛郎或矿工了，而是他们唯一受过教育的女儿，唐珀洛洛。没错，唐珀洛洛已经离开莫所伊，搬到维多利亚酒店和莱迪辛同居了。

两位老人还不知道这件事。莱迪辛相信村里现在还没人知道，但他们很快就会知道。现在这已经是马塞卢的一个大丑闻，那些经常去莱索托低地的村民肯定会把这些闲话传到哈沙曼。莱迪辛希望到那时，自己已经给唐珀洛洛的父母留下好印象，让他们不对此生气，而是高兴这位新女婿比那个只会哭哭啼啼的前警官要强得多。

莱迪辛和唐珀洛洛的私情发生得有点出乎意料。某个早晨，前台打电话告诉他有一位访客。他下楼一看，原来是米丝蒂。

尽管米丝蒂拒绝了他的求婚，但他一直都很希望她有一天不再抵触，温顺地做自己的妻子。他们经常在马塞卢咖啡馆买周日报刊的时候遇见，报纸经常晚到。那时，他通常会坐在她的车里，两人一起谈论天气。他没再向她表达爱意，但有一次，他发誓一定会等到她回心转意。他说，等到了那一天，她会知道去哪里找他。

现在她来了，穿过大厅向自己走来。看着她微笑的脸，他的心跳乱了。当然，她这么早来看他只有一个原因……

他们乘电梯到顶楼酒吧，酒吧十点开门营业，但员工们已经准备好为他们服务。米丝蒂点了杯咖啡，他点了杯果汁。他们先是随意闲聊，她似乎在鼓起勇气，想告诉他自己前来的目的。莱迪辛很好奇，但还是表现得若无其事。

米丝蒂终于开口了："莱迪辛，你知道吗？我总是觉得你很特别。"

"你也很特别，米丝蒂，这就是我这么爱你的原因。"

"莱迪辛，我也爱你。"

"真的？我告诉过你我会等你，你总有一天会知道我们是天生一对。我知道这一天迟早会来。"

他越过咖啡桌，向她那边俯过身去，想抓住她的手，但被她推开了。

"我从小就爱你，莱迪辛，但我们之间永远都不可能。我要离开镇上一段时间，等我回来的时候，我会变得大不一样。"

"米丝蒂，这是什么意思？你不能这样给我希望又让它破灭。"

"我很抱歉让你抱有希望，我不是故意的。我只是想让你知道我关心你。我拒绝你是因为我别无选择。我的生活已经不是我能控制得了的了。我被祖先召唤了，我要去当一名占卜师。"

莱迪辛忍不住大笑，但在看到她那愁云密布的脸庞时，笑声便消失在嘴边。她说："我没开玩笑。"

"但你是知识分子，你不能成为占卜师。"

"祖先召唤你的时候，他们可不管你有没有受过教育。"

然后她把事情的经过告诉了他。

她现在被一些灵魂附体，这些灵魂强迫她去接受占卜师的训练。它们经常抓着她大力摇晃，使她发出猪打呼噜的声音并且不住地喘气。这从多年以前就开始了，一开始她试图抵抗，有时候平息了一阵，她便以为这一切都结束了。可过段时间这些现象又卷土重来。这些灵魂附在她身上的时候，她有时会患上一些奇怪的病，连医生都对此束手无策。对这些有所了解的人告诉她，这些都是她的祖先在召唤她当一名传统医生。她朝他们大笑，传统医生？她可是一名高才生，有理学学士学位。那些说法太荒谬了。

然后她就开始出现幻觉了，她看得到别人看不到的东西，听得到别人听不到的声音。她看到一个有传统医生标记的老妇人，画面太模糊，米丝蒂分辨不出她的模样。老妇人就这么在她面前出现了，然后又突然消失，没有留下一句话。米丝蒂把这些奇怪的事情告诉了在哈沙克的父母。

她母亲听了之后大哭："为什么我们牺牲了这么多，还送她去学校念书，他们还不放过我女儿？"

米丝蒂的父亲安慰她："我们对此真的无能为力，祖先想召唤就召唤，不会管别的因素。你知道米丝蒂的祖母在她出生前很久就去世了，她祖母是召唤师，肯定也是召唤米丝蒂的灵魂之一，要米丝蒂成为自己的继承者。我们应该为她在众多子孙中选中米丝蒂而感到骄傲。"

这并不能安慰米丝蒂的母亲，她责怪丈夫，说就是他的家族造成的麻烦。她的家族都是基督教徒，根本没有占卜师这一说。"如果她祖母想要一名继承者，为什么不从那些不愿意上学的子孙中选一个？为什么非要选我这个获得了理学学士学位的孩子？"

米丝蒂最后决定，去接受训练，当占卜师。那晚，她梦见一个女人正在混合草药，并在满是灰尘的地面上投掷占卜用的骨头。这个女人在一个洞穴里，身上有占卜师的标志，即动物皮和珠链。当米丝蒂终于看清这个女人的脸时，她一下子就认出来这是谁了。她不记得这个人的名字，但确定这个人在小学的时候坐在她前面。那是大约三十年前的事了，现在这个女人变老了很多，但米丝蒂确定是她。

米丝蒂自小学之后就没见过这个姑娘了，也不知道这个人现在住在哪里。但米丝蒂现在急切地想起床去找她。不论她住在哪里都要找到她。米丝蒂在黑夜中起床，穿上旧裙子，套上毛衣，走出公寓。

她在路上走了好几个小时，她不知道要去哪里，只是不停地走啊走啊走，虽然她光着脚，但地上的碎石子并没伤到她。清晨太阳升起时，她已经走过了泰亚泰亚嫩，那离她家有四十公里路。她在北方高速公路主干道走了一天，柏油马路炙烤着她的双脚，但是她感觉不到疼痛，也感觉不到饿和渴，她有的只是走下去的渴望。

巴士和出租车从她身边经过，但她没有叫停一辆。附身的灵魂要求她步行下去。有一位司机开车经过时认出了她，便在她继续前行的时候停下车，鸣笛叫她。她并不理会，还是继续走。司机心想，那一定不是她，只是长得像罢了。

夜幕降临时，她已经走过莱里贝地区，到达布达布斯。她光脚走了一百多公里，最后到达了卡罗村，径直走向一户有芦苇栅栏的老房子。她从没来过卡罗村，但很清楚要去哪里。在一个圆顶屋前，她停下来，犹豫着。门里传来一个声音，邀请她进去。

"她知道我要来。"

"她怎么知道的？"莱迪辛问，他一直都在认真听，边听边小口喝着果汁。

"我不知道。她还知道我的名字，告诉我她被选中做我的导师。我得向医院请假跟她一起培训一个月。我得佩戴用一根绳子串起的珠子，这是助手的标志，然后立刻开始训练。这就是我来见你的原因……来跟你道别。"

"道别？你不准离开我，至死都不准离开。回来吧，我们还是好朋友。"

"我很高兴你这样说，你让我心里好受多了。我知道成为一名占卜师，至少我的内心会获得平静。"

米丝蒂离开后，莱迪辛还站在酒店的停车场，不知道要做什么或者要去哪里，但他知道他和米丝蒂再也回不到过去了，他永远失去她了。这一瞬间，他的财富变得毫无意义，路虎揽胜、崭新的梅赛德斯 S500——这些昂贵的玩具如果不能和米丝蒂分享的话，又有什么用呢？还有他准备建造的房子，那栋房子要花费数百万，如果没有她，那么多奢华的房间又有什么用呢？

他缓慢地走回酒店，在接待区徘徊，看着精品店的橱窗。他在纠结是上楼回房睡觉，还是去餐厅吃那每日重复的乏味早餐。这时，他听到了唐珀洛洛那低沉洪亮的笑声，看到她在影碟出租店，正在跟站在收银台后面的年轻女人聊天，声音还是那么洪亮，激动得边说边挥动着双手。

看到他的时候，她很激动。"你帮我选一下。"她说话的时候一只手搭在他的胳膊上。她觉得他选的电影"很有情调"，她等不及想看了，问："你房间里有播放器吗？我们去你房间看吧。"事情就这样发生了。

他们在莱迪辛的房间里待了一整天，她柔软的身躯和他的身体紧紧纠缠在一起。他们通过客房服务点了一份烤肉拼盘，在床上享用。她总是大笑，显得自由自在，无拘无束，他忍不住想，为什么以前没和她在一起？简直是浪费生命。他觉得她的声音是她最有魅力的地方，那声音一点也不刺耳，沙哑，但沙哑的嗓音更性感。

他们一边看电影一边继续纠缠，呻吟声似乎是在给电影配音。然后两人又一起谈论世界大事，安哥拉战争、南非民主权谈判、莱索托的君主政体和军队。他很惊讶两人能有如此多的共识：在世界冲突中两人支持的是同一方，两人爱读的小说也是一样的，他们都喜欢姆布勒洛·穆扎曼①、恩加布罗·恩德贝勒②和西波·塞巴拉③的作品。莱迪辛问："我们的爱好有性别歧视吗？我们都喜欢男作家。"

"我才不是，我热爱米利亚姆·特拉利④的作品，还有艾丽丝·沃克⑤的诗歌！"

"沃克也是我的最爱。你知道我说我们是天生一对是什么意思了吧？你知道她反对非洲女性割礼的运动吗？"

谈到女性割礼，两人都认为，女性用那样的残缺来满足男性，这太可怕了。"我们很幸运，在莱索托我们不会碰到这种事。"莱迪辛感叹道。

"你怎么知道？你又没去过女子启蒙学校。"

"如果这种事情在这儿发生，我们肯定会听说。你认为呢？"

"我也没去过启蒙学校，所以我也不知道。但是我可以告诉你，这种致残行为还在发生……还是小女孩的时候，我们都做过。"

她告诉他，小女孩会被大女孩和年轻妇女鼓动，拉扯私

---

① 姆布勒洛·穆扎曼（Mbulelo Mzamane, 1948—2014），南非著名作家，其作品反映了南非种族隔离时期的社会现实和人们的抗争。——编注

② 恩加布罗·恩德贝勒（Njabulo Ndebele, 1948— ），南非著名作家，提出"普通人的文学"这一概念，主张文学应关注普通人的日常生活，而非仅聚焦于政治斗争和暴力，对南非文学的发展有深远影响。——编注

③ 西波·塞巴拉（Sipho Sepamla, 1932—2007），南非著名诗人、小说家，其作品批判种族隔离制度，深刻描绘南非普通人的生活，在南非文学史上占有重要地位。——编注

④ 米利亚姆·特拉利（Miriam Tlali, 1933—2017），南非著名作家、剧作家。她的作品聚焦于南非黑人，尤其是黑人女性在种族隔离制度下的生活。——编注

⑤ 艾丽丝·沃克（Alice Walker, 1944— ），美国黑人小说家、诗人。其小说关注黑人妇女在性别和种族歧视的社会中所进行的抗争，代表作长篇小说《紫色》1983年获普利策奖，1985年被改编成电影。——编注

处，直至它变长。女孩们在玩游戏的时候，如果没人看见，她们就会那样相互拉扯。它们越长，女孩们将来就会越快乐。人们告诉她们，等到结婚的时候，私处长可以取悦丈夫，这样他们的婚姻就可以长久了。

"这太奇怪了。"莱迪辛说。

"即便如此，很多女孩还是为了取悦男人而把自己的莱索托变畸形。"

"她们的莱索托？"

唐珀洛洛笑起来，告诉他说，小女孩的生育部位以国家命名，这是因为那是人类之源。但她自己的生育部位当然不能叫莱索托，因为它已经见过世面。

他们都大笑起来，但也必须承认这是个很严肃正经的话题。教育人们反对这种致残行为势在必行。莱迪辛说，如果唐珀洛洛愿意成立组织，进行教育活动，他愿意提供资金赞助。唐珀洛洛很受感动，她从没见过一个巴苏陀男人在男女关系上有这么进步的思想。她好奇一个哈沙曼乡村男孩是从哪里学到反性别歧视态度的，或许是从艾丽丝·沃克这类作家的作品里？

晚上，莱迪辛开车送唐珀洛洛回家。他知道莫所伊去卡查地区的山峡探访前日发生的巴士车祸的受害者了。唐珀洛洛用行李箱打包了所有衣服，莱迪辛帮她把行李拿到车上。接着他们又回到酒店，接下来三天都没有踏出房门。

两天之后，莫所伊回来时发现唐珀洛洛离开了他，彻底陷入了绝望。邻居很快就告诉他说，是他的老板帮她搬出去的。他赶到维多利亚酒店，从前台的窃笑中立刻明白有些不好的事情发生了。他乘电梯到十楼，敲打莱迪辛的房门。莱迪辛在房里喊："走开，莫所伊！有什么事明天到办公室我们再谈。"

莫所伊随后知道他的妻子也在房里，便大力捶打房门，甚至还用双脚踢门。"我知道唐珀洛洛也在里面，开门，你这个偷别人老婆的混蛋！"

唐珀洛洛终于吼道："莫所伊，你要是知道好歹的话就马上闭嘴！你想我现在就出去收拾你吗？"

莫所伊安静下来，过了一会儿，他开始轻声乞求："老师，你怎么可以对我做出这种事？我这么忠心地为你工作多年，你为什么还要这样对我？唐珀洛洛，跟我回家吧！我爱你，唐珀洛洛，求你了，回家吧！"

但唐珀洛洛没有回去，她要永远跟莱迪辛在一起。这也让莱迪辛有了回哈沙曼的第三个理由：讨多女爸爸的欢心。

但在这个特别的周末，莱迪辛有了第四个原因。他带了一张支票给住在单身妈妈隔壁的奶奶。她孙子的父母死于卡车车祸，她独自一人抚养着这两个孩子。

为展示支票，莱迪辛要举行宴会。他宰杀了三头牛，邀请哈沙曼和邻村的人都来参加，并对大家说这场宴会是为那两个孤儿办的。村里的重要人物都来了：赫龙、邮局局长、玛丽护士、小学里的一些老师，当然还有这场宴会的主人，多女爸爸。

教堂唱诗班唱的歌是指挥家新作的曲，这个指挥家是一位新加入学校的年轻老师，总把自己比作莫哈皮罗和莫莱恩他们那个经典作曲大师团体中的一员。这首歌是歌颂莱迪辛的，称他是哈沙曼的骄傲，全世界都嫉妒他的财富，甚至把他的智慧和《圣经》中的所罗门国王相比。

这首曲子并不坏，虽然村民们很快就注意到，它和孩子们以前歌颂黑巧克力的曲子很像。但他们都认为，那位年轻老师作为一个作曲人，从曾经流行的歌曲里偷一点放在自己的曲子里也没什么错。这不正好证明他的天赋异禀吗？

颂歌结束后，多女爸爸叫莱迪辛对奶奶发表讲话。莱迪辛做了个简短的演讲，向大家解释了他的工作性质，他说他的工作就是代表遭遇车祸的穷人。他牺牲所有的时间为国家服务，所以不收取客户一分钱。他还说，他的很多客户原本都不知道他们有一份应得的赔偿金。如果没有他这样的人，保险公司会很高兴可以独吞赔偿金，获取更多利益。

然后，他向奶奶展示了一张支票："奶奶，这可不仅仅是一张纸，这是钱。请邮局局长来告诉我们这是多少钱。他还会告诉你如何把钱存在邮政储蓄里，这样你就可以每次只取出你需要的金额来照顾孙子了。"

邮局局长走上前，大声读出："一万兰特。"

人们顿时惊讶得骚动起来，为如此巨大的金额！妇女们开始欢呼，男人们跳起了舞。唱诗班又开始大声唱起歌颂莱迪辛的赞歌，盛赞这位单身妈妈的儿子，美丽的蒂珂莎的兄长，哈沙曼的骄傲。

通常，莱迪辛会私吞保险公司赔偿金的一半，只给客户五千兰特。但这次他决定给这位老妇人所有赔偿金，这样做是为了给村民们，尤其是多女爸爸留下好印象。他没有任何损失，因为和往常一样，保险公司已经为他提出的索赔付给他八百兰特。

宴会期间，当人们在大口吃肉，喝着单身妈妈和多女妈妈一起酿的酒时，哈沙曼的男人们来找莱迪辛，提出第二天要租给他牛群。他们说："我们知道在你去莱索托低地前都要放牛的。"莱迪辛说他只向他第一次派莫所伊去租牛时同意租给他的人租牛，他永远都不会向第一次就拒绝他的人租牛。他们开始乞求他，并表达自己的歉意："因为这场大干旱，我们现在真的很需要钱。"但莱迪辛丝毫没有动容。

晚上，在人们离开前，莱迪辛称教堂唱诗班让自己很感动，他要给他们提供一份工作，就是每当他来到村里的时候，他们要为他唱歌。那位年轻教师被授予任务，要谱写更多关于莱迪辛的曲子。当然，他们的酬劳也很丰厚。就这样，他们成了莱迪辛的私人马屁精。唱诗班成员欢呼起来。他还承诺会有一天出钱让他们去莱索托低地为他唱歌，并且会让莱索托电台的马塞碧·马萨为他们录制歌曲。这让他们更是激动不已。

不幸的是，有人对当日发生的所有事情都嗤之以鼻，说莱迪辛只是想弥补多年前对那些老太太做的事情。

但莱迪辛对自己很满意，他唯一的遗憾就是蒂珂莎没在那里看到他有多伟大。他走向她的小屋，希望可以看她一眼，却发现黑巧克力正坐在她的门廊里流口水。黑巧克力一吃完肉就离开宴会，来到这里，坐在自己的老位置上。

"你今天看到蒂珂莎没有？"莱迪辛问道。

"看到了，她在屋子里。我来的时候还能从窗户看到她的脑袋，因为小男孩沙纳正用木琴给她演奏小夜曲。"

路过的几个年轻女人听了后大笑起来，说，显然，蒂珂莎迷恋上沙纳了。她消失的时候，他也跟着消失；她出现的时候，他也跟着出现。一个女人说："蒂珂莎和他那样的孩子能做什么？"另一个女人说："蒂珂莎看上了那个孩子哪一点？"第三个女人笑着回答："看上了他脚上厚厚的尘土！那些尘土成了他皮肤的一部分，说不定尘土掉了，他也会流血。"

莱迪辛没有理会这些闲言碎语，走向了他母亲荒废的豪宅。

10.暴 雪

该来的终于来了。洞穴里的人被乱写乱画彻底封闭在神圣的墙壁上了。蒂珂莎此时如此脆弱无力，她面对的是强大的本地人和海外各地的游客，他们都趾高气扬地用那些毫无意义的名字亵渎洞穴。

在得知将彻底封闭的那天，蒂珂莎坐在地板上，在温暖的余烬中全力召唤她的朋友们，但是他们无法前来。她试了一遍又一遍，可野兽女舞者和其他舞者仍旧在被乱涂乱画的墙壁上。蒂珂莎知道，她和洞穴人的治愈之舞终结了。这不仅是那个舞蹈的消亡，还是这种生活方式的消亡。她的世界跟她与洞穴人一起生活的日子被永远摧毁了。她将去寻找另一个自我表达的途径，另一种远离此地的生活。她不会再回到这里，回忆被肆意破坏而毁掉的美丽宁静的生活实在是太痛苦了。

她走出洞穴，轻轻地抚摸着鸵鸟蛋壳珠链。那是她曾经的美好生活唯一留下的东西，这条珠链……还有野兽女舞者给予她的可以看见歌曲的能力。

她走进黑河水，像个弱小的、穿着红衣的耶稣，走向河对岸。她光着脚踏在雪地上，双腿被雪淹没至膝盖。

这两周几乎每天都下雪，山上积满了雪。所有东西都静止了，为杂货铺运送食物的卡车也无法前行。店里的杂货早就卖光了，现在最大的问题就是煤油。这种时候，做饭少不了它，因为妇女们无法到被白雪覆盖的山腰拾柴。很多人家里都有普里默斯火炉，是回家的务工者带回来的，但都被收起来遗忘在某个角落了，因为所有的烹饪都是用三角锅在屋外进行，或是用厨房的炉灶。现在人们记起了这种火炉，把它翻找出来。但如果没有煤油，就什么都用不了，而杂货铺的煤油在下雪的第一周就卖光了。

哈沙曼和邻村已经与外界隔绝，飞机无法在机场降落。只有赫龙和玛丽护士才和外界有联系，他们整天坐在他们的电台旁，呼喊莱索托低地的政府给山里的百姓送救灾物资，否则这里的人们会饿死的。

当洞穴人还在的时候，食物对蒂珂莎来说根本不成问题，她和他们一同用餐。即使她很多天没去巴瓦洞穴，之前一次吃的蜂蜜和草药也足以让她远离饥饿。但是现在，那种生活方式已不复存在。她要好好考虑这种世俗琐事了，比如吃东西。

她的卷心菜地还在，菜都长得很大。即便是在严冬时期，菜也在生长。沙纳仍坚持给卷心菜演奏，卷心菜也因此抵抗住了寒冷和暴雪。当她还有舒服的洞穴时，她会给沙纳一些卷心菜，沙纳会把卷心菜给自己的监护人，用来为家里准备食物。有的卷心菜被单身妈妈吃了，她时不时来菜地，割走一两棵。那些老太太在公共菜园里收够蔬菜，便不需要蒂珂莎的卷心菜了，虽然她们经常说自己更喜欢蒂珂莎的卷心菜，因为那些卷心菜吃起来更加可口。黑巧克力偶尔也能得到卷心菜，后来，蒂珂莎知道他经常拿卷心菜去一家酒馆换啤酒后便不再给他了。现在洞穴生活已经消亡，她必须留一些卷心菜自己吃了。

通常，蒂珂莎艰难地爬上山后，可以看到一片牧场。她穿过村庄下端的小路，大雪覆盖了房屋的壁画，让每座房子看上去都像是圆顶建筑。她回到家，黑巧克力还坐在外面，冻得牙齿不住打战。蒂珂莎摇着头说："黑巧克力，你这样下去早晚会冻死的。"说完，她走进屋内，锁好门。

她必须锁好门，因为莱迪辛在村里，他还没放弃希望：她终有一天会想见他的。他时不时地来敲门，恳求她开门。有一两次还打算破门而入，想起多女妈妈的建议才放弃。

事实上，莱迪辛已经被困在村里了，两周前他照例来拜访，但突然下了大雪，他无法返回莱索托低地。他带来的食物已经吃完，只好降级像其他人一样吃帕帕和卷心菜。

他面临的最大问题就是他感到很无聊。因为暴雪，他不能去放牛。放牛在很大程度上取决于天气。在这种天气里，牧童要在草地上把雪铲到一边，这样牛群才可以找一些枯草吃。农民们会在玉米丰收后储存一些茎秆，把它们按比例和牛奶混合，喂给奶牛吃，补充盐分，但其他牛就要受苦了，饿得瘦骨嶙峋。最糟糕的是，这场暴雪是紧跟着全国大干旱而来的。

莱迪辛很孤单，对这场暴雪感到很厌烦。他除了单身妈妈之外，就没有其他人可以说话了。但她总忙于社区工作，拜访病人和贫困户，和他们分享自己仅有的一点食物，还不厌其烦地去公共菜园察看，因为很多蔬菜死于暴雪。和蒂珂莎的卷心菜地不同，这个公共菜园没能熬过冬天。

起先，唱诗班会来奉承，唱赞歌歌颂他，这些歌曲当然是那个热情的老师写的，但这份热情随着积雪越来越深而逐渐熄灭。

能陪着莱迪辛的只有多女爸爸了，这两个男人最近变得很亲近。最初听到唐珀洛洛离开了丈夫，和莱迪辛在一起时，这个老头非常生气，并不是因为他喜欢莫所伊，只是他坚信传统的家庭价值观是对的，他把两个孩子未婚同居视作罪过。他的女儿被教养得这么好，却做出这么丢人的事情，竟然离开丈夫和另一个男人同居，不管那个男人是谁，这都是很丢脸的事。这个家庭一直很担心邻居们会怎么议论这个丑闻，尤其是多女妈妈，她为此寝食难安。作为女婿，莱迪辛并不是村里最受欢迎的人选，即便他很富有，并且努力为村民们做好事。人们从未原谅他在二十一年前对那些老太太的所作所为。

但在这一年中，这两个孩子还是在同居，并坚称深爱着对方，多女爸爸和多女妈妈也就接受了这一无法改变的事实。莱迪辛也给他们带一些精美礼品，讨好他们。他跟多女爸爸坐在院子里的一棵大桉树下聊天，谈论时事，尤其是勒坎亚的同盟军队把他从领导人的位置撤下，让莱麦玛少将取而代之。莱麦玛少将承诺接下来两年之内会举行自由公正的选举。大多数流亡国外的国大党成员也已回来，国家将很快划分选区，进行选民登记。

两个男人喝着莱迪辛经常从莱索托低地带来的欧洲啤酒，多女爸爸开始担忧，担心政治又会使全国人民像 1970 年那样互相残杀。莱迪辛记得 1970 年，记得莫所伊、博迪安、圆球警官，他微笑着说："或许我们现在已足够成熟，不会再重复1970 年的悲剧了。无论如何，我们的国家需要民主，那些沾满鲜血的军队太腐败了，他们把国库抢劫一空，到处搜刮民脂民膏。"

有时多女爸爸会突然问道:"孩子,你是如何看待曼德拉和共和政体的?你认为布尔人真的会和平地让他执政吗?"

莱迪辛充满智慧地回答他:"他们别无选择,否则他们为什么会在他坐牢二十七年之后把他放出来呢?因为他们已经无法控制局面。人们已疲惫不堪,大家都想得到自由。布尔人不再能掌权了,他们的政府已经一团糟,而且世界上的其他国家也在施压,要求他们跟黑人对话。"

"或许我们也需要一个曼德拉。你认为呢?"

"这个嘛,至少选举要开始了。或许会产生一个新的领导人,或许我们的国家会有一个为人民服务而不是只顾着自己口袋的政府。"

多女爸爸点头赞同。

但当大雪来临,多女爸爸就不能陪着莱迪辛了,他在下雪第二天要去棚舍。他很担心他的牧童,还要确认那些永远住在远山的牧童在好好照顾他的牛群。

下雪期间,莱迪辛基本上都被困在他母亲那破败的豪宅中。他独自坐在厨房,用便携收音机收听莱索托电台。他想起来,他所收听的这个节目的演播室的几个街区外,就是维多利亚酒店。在酒店十楼,就是他的房间。在那个房间里,唐珀洛洛正盼望他归来。可以想象地板上都是各种填充玩具和不同尺寸的泰迪熊。他太想念唐珀洛洛了!

当然,他也想念她的身体,他从未如此热切地想念和一个女人肉体相交的快乐。他有一个埋藏已久的秘密,就是在唐珀洛洛之前,他从没和任何一个女人发生过关系。他无法告诉朋友，他之前一直为米丝蒂守身如玉，后来却被唐珀洛洛夺去贞操，他可不想成为整个马塞卢的笑柄。他已经四十岁，人们都很崇拜他。如何向大家解释他之前的清白之身而且不显得荒谬可笑呢？他甚至对自己都解释不清楚，他把这归咎于他当祭台助手时，神父对他的教育。

现在他很后悔浪费了那么多年，要是他早知道自己错过了多么美妙的快乐就好了！他还记得他们看录像的第一个早晨，那时候的他叫得如何快乐，他如何向唐珀洛洛保证会给她全世界，包括一列带有专用轨道的私人火车。他想念唐珀洛洛，想念和她手牵手走在莱索托国家发展购物街上，周围那些好管闲事的马塞卢人呆呆地看着他们，窃笑着指指点点。

马塞卢的人真无耻。他们有一种村民心态，即把别人的事情当作自己的事情。他们最大的消遣就是挖掘别人的私事。他们知道所有人的所有事，尤其是卧室里发生的事。如果没有唐珀洛洛和莱迪辛之间的这种风流韵事，他们还有什么好谈论的呢？那样，他们的生活会变得极其无聊。

莱迪辛正听着七点新闻，听到政府将派两架直升机来山区投放物品。许多友好国家通过红十字会捐献了粮食和奶粉，会投到各个村庄。但两架直升机对整个国家来说远远不够，所以政府向南非政府寻求帮助。好在南非未经莱索托同意就派直升机飞到莱索托山区，来侦察偷牛贼的踪迹，这对投掷食物也有帮助。

终于来了！莱迪辛心想，他们一星期前就应该想到的，很多家庭都没有粮食了，村里最贫困的人甚至都开始吃雪了。

他走到窗前，看着这座豪宅和蒂珂莎的屋子之间的那条路。月光照在雪地上，反射出梦幻般的光芒。蒂珂莎的屋子在这闪烁的亮光中显出个轮廓，可以看到她窗边的煤油灯的黄色灯光。他知道即使是在这么冰冷的日子，她的窗户也是开着的。

她喜欢夜晚纯净的空气。夜晚很安宁，充满美梦。她的梦很清楚，乞求洞穴里被封闭的人们再次跟她玩耍。沙纳经常出现在她的梦中，给他们演奏音乐。而沙纳在多女爸爸的牧童屋里熟睡时也会梦到蒂珂莎，他在为她和一群有着突出臀部的奇怪男女演奏音乐。大多数晚上，蒂珂莎的房子里都回荡着她梦中的音乐。

沙纳的曲子越来越动听了。蒂珂莎希望他不要再唱关于女人没有信仰的歌了，而是唱唱悲伤之美。她在梦中召唤他时，她便把自己写的歌讲给他听，他醒来以后可以在木琴的伴奏下唱这些歌。村民和沙纳自己都以为这些新歌是他写的。

午夜，人们从酒吧出来，摇摇晃晃朝家走去，或在草丛后面方便，他们都听到蒂珂莎的屋子里有木琴声。他们好奇这么晚了，沙纳在蒂珂莎的屋里干吗，并且多女爸爸怎么可以这么不负责任，让一个小男孩在一个妇女屋里过夜……虽然他们从没把她当作妇女。知情人记得她已经四十岁，按常理来讲，她都可以当奶奶了——如果她结婚生子，照顾丈夫和孩子的话。但她看上去一点都不像个妇女，像个刚满二十的少女，穿着永不褪色的红裙子，美丽得让人难以忘怀。

沙纳在蒂珂莎屋里过夜的流言传到多女妈妈耳朵里时，她感到很惊讶。她很确定沙纳晚上是和他们一家在一起，然后在牧童屋里睡觉。屋子里的所有男孩都可以证明，他每晚都和他们在一起睡觉。多女妈妈知道他们不会为他撒谎，事实上他们都不喜欢他，因为他不劳动却可以获得特殊待遇。他整天就知道玩木琴，想放牛的时候才去放一会儿牛。如果这个流言是真的，沙纳因此陷入麻烦，他们或许会更高兴吧。

多女妈妈不知道为什么村民们会撒这样的谎，为何要如此指责他们家不负责任。她发誓等多女爸爸从棚舍回来，一定要起诉散布谣言的人毁坏自家声誉。

大雪仍在下。

直升机就像电台所说，准时到达，并在玛丽护士的诊所附近投掷了袋装和盒装食物。村里的沙曼首领在村中两个教派的领导人的帮助下，给挨饿的家庭分配食物。母亲们和老奶奶们带着空麻袋前来，希望可以满载玉米面而归。但让这些家庭失望的是，他们只能拿到一碟黄色玉米面和一小碗奶粉冲泡的牛奶。

那天下午，多女爸爸从棚舍归来，面容憔悴，厚厚的齐必毯子上沾满泥土。他一只脚穿着橡胶靴，另一只脚上的靴子不见了，还受了伤。他的马走得非常慢，显然是又累又饿。人们看到他都大声跟他打招呼，问他另一只靴子去哪儿了。他打断他们："你们这群哈沙曼人，问这些愚蠢的问题不觉得累吗？"

傍晚，一群披着灰色驴皮毯子的奇怪人士穿过村庄，那是些偷牛贼，正赶着一群弗里斯兰牛，牛的乳房都已垂到地上。他们试图躲避直升机的搜寻，却在山间迷了路，然后发现自己来到了哈沙曼。

这些人很饿，于是向一些村民讨吃的。他们一路上只喝牛奶，吃半途死掉的牛，以及混进各种宴会来填饱肚子。很多动物都在中途死掉了，它们脆弱得根本无法穿雪山过冰河。

哈沙曼的人们很快就在首领家中召开紧急会议，讨论偷牛贼的事，一场关于村里是否该收留那些偷牛贼的辩论正激烈展开。一个支持帮助他们的人说："说到底，他们是为了逃避布尔人，布尔人偷走了我们的土地，看看整个橘色自由邦省，要知道，在莫修修时代，那些都是属于莱索托的。布尔人从我们手中偷走土地，我们就有权偷走他们的牛。"

"那都是国大党时期的政策了。"一个男人喊道。

首领称自己会通过法律来管理，他不仅是人民的公仆，更要为法律服务。"要是骑警听到，我——公报上公布的基督村的沙曼首领收留偷牛贼，他们会怎么说？他们肯定会听到这个消息，因为你们中间很多人嘴都不严。"

多女爸爸换了身干净衣服，披了条勒费托里毛毯，对首领的话表示赞同："我是养牲口的，我可没时间浪费在这些偷牛贼身上。这些小偷毫无同情心，绝不止偷了布尔人的牛。"

莱迪辛也附和表示赞同，他很满意自己在村中事务里扮演的这种角色。他说："是的，我敢肯定，我们在这里说话的时候，他们就在你们的牛栏里侦察下次偷哪头牛好。"

会议最后决定，让那些偷牛贼立刻离开，并要求赫龙次日清早就用电台通知骑警，说偷牛贼已经经过哈沙曼，离开了。

散会之前，多女爸爸站起来，表示有话要说。"我有一个紧急案件，是针对赫龙的。我希望首领明天举行公开审判，解决我的案子。"

"明天是周日啊。"首领反对道。

另一个人也说："是啊，我们有的人是基督徒，周日要去教堂。"

"如果案件紧急到会危害村中和平，周日也可以审判，这是有先例的。我告赫龙的案子很急。再说了，时间可以定在教堂活动之后嘛。"

赫龙震惊得张大嘴巴。他对这个案子毫不知情，也不记得做过什么伤害多女爸爸这位老朋友的事。他问："控告我什么？连周一都等不了？"

"你很快就会知道。我要起诉你对你手下两个在棚舍里的牧童监管不力。"

首领宣布公开审判将于次日教堂礼拜之后举行。

审判通常在一棵大树下的石头上举行。这棵大树位于首领家的牛栏边，是一些自视为首领顾问的人的座位。没有争端要解决时，他们也会在那里玩南非直棋。但这个周日他们不能坐在那儿，因为外面下着暴雪。有的人提议这个案子应该在玛丽护士诊所的大房间里解决。首领带着人们去诊所，但被玛丽护士赶了出来，她说："这是照顾病人的地方，可不是给你们来解决村里的争端的。"

男人们离开的时候还咕哝着现在的女性受的教育太多了。有人提议说莱迪辛的那个豪宅可以为审判提供一个房间。莱迪辛也有这样的想法，公开审判可以在蒂珂莎的舞蹈室举行，这也可以巩固他在村里的地位。只是要花一些时间打扫……

但还不等他回应，赫龙就提出反对意见："不，不能在那儿审判，那不是一个中立的地方。我们都知道莱迪辛是多女爸爸的律师，而且还和他女儿有不正当关系。如果多女爸爸要以什么罪名起诉我，那就要去一个中立的审判地。谁知道他们会不会在房子里给我们下什么药，让我输掉官司呢？"

"你最清楚那些巫药，不是吗？大家都知道你是个男巫，可以发出闪电。还有，谁告诉你莱迪辛是我的律师？你的牧童伤害我的时候他在哪里？如果你再说我女儿的坏话，我会告到你一无所有。"

赫龙也毫不示弱："多女爸爸，你给我听好了！为什么你要这样败坏我的名声？我会把你告到倾家荡产！巫药？你不知道我是基督徒吗？多女爸爸，我可是教会里的人，是上帝的人。我从没碰过巫药。"

村民们都笑了。谁都知道，不管是不是基督徒，赫龙都是能发送闪电摧毁敌人的高手。有人暗地里怀疑多女爸爸告这个男人是否明智，但他们最后想，或许多女爸爸有更厉害的巫药，所以才这么富有。这一点赫龙可做不到。

首领发话了："谁听说过首领的审判上有律师的？我认为莱迪辛应该离开，我们这里不需要律师。"

莱迪辛答道："首领，您是对的。法律不允许律师出席首领的审判。我们这种律师只出现在马塞卢大法官的高级法庭。我不是以律师的身份站在这里的，我在这里是因为我也是村里的一分子。村里的男人不论是不是律师，都希望能参与村中事务，尤其是公开审判。"

大家都认为莱迪辛应该留下，这是他作为村里一分子的权利。他应该参加审判。作为一名律师，他的聪明只会有利于挖掘真相、公正判定。

审判最终定在了福音派教堂，妇女联盟在茶会上表达自己的审议意见后，决定参与旁听。

多女爸爸在会上说："乡亲们，我要在此控告他，他的两个牧童毁坏了我的财产，也就是我的一只珍贵的橡胶靴。"

沙曼首领转向赫龙："赫龙，你知道这件事吗？"

但赫龙没有回答，只是看着首领。首领又叫了一次他的名字，还是没得到回答。这时，莱迪辛突然想起这一天是周日，而周日赫龙只会回应他的教会名字。首领显然忘记这茬了。

莱迪辛建议道："或许你该试着叫他佩特罗斯。"

首领叹了口气："佩特罗斯，你对这个案子是否知情？"

"首领，我毫不知情。他没说是我毁坏他的橡胶靴，不是吗？他说的是我家牧童。"

"可你知道我们的风俗，只要这些孩子没结婚，你就是他们的父亲，要尽父亲的责任。他们就算活到一百岁，只要没结婚，就不能成为案件的被告。即使他们让一个女人怀孕，他们也只能作为目击者，你才是被告，要负责赔偿损失。还是先让多女爸爸解释一下到底发生了什么。"

"我在暴雪中被困在棚舍里。赫龙，哦，佩特罗斯家的牧童过来，用刀割破了我的一只橡胶靴。"

有人问道："那只橡胶靴现在在哪儿？"

"他们把它扔了，我只留下这只作为证据。"他挥舞着那只完好的橡胶靴。

"他们直接过来割破你的橡胶靴，没有受到什么挑衅吗？"

"你看看我，我这把年纪的人会去挑衅小男孩吗？"

大家都被当今小孩的粗鲁无礼震惊了。很多人发言，问着同样的老问题："现在的孩子们一点也不敬老，这个世界是怎么了？"赫龙不住地为自己的孩子被指控的罪名道歉，但仍坚称法庭不能判定是他的过错，因为他没有机会去叫证人。只有棚舍里那两个男孩来代表他们作证才算公平。

首领纠正道："不是代表他们，是代表你，被控告的人是你，不是他们。"

但是多女爸爸很固执，说这个案子已经很清楚。法庭应该直接判赫龙有罪，让他赔偿自己的损失，不该再浪费时间了。

莱迪辛发言了："首领，那样的话会有失公允，我们在赔偿损失之前要听所有证人的证词。这对纳塔特·赫龙，我是说，对佩特罗斯来说，带证人来很重要。"

会场上大家都同意他的话，有个人生气地说："这个案子有什么紧急的，还需要我们周日来？"

多女爸爸答道："问题应该趁热打铁解决掉。你是想等到我拄着拐杖，去机场找赫龙暴力解决问题之后再来审判吗？"

在回家的路上，多女爸爸抱怨道："单身妈妈家的儿子，你怎么可以当着全村人的面替我的对头反对我？"路上，他一直在问这个问题。

莱迪辛试图解释法律就是法律，不会有任何偏袒。他还补充说："在判决之前，双方的陈述都要听。"

"就你这样还想娶我女儿？你怎么可以这样背叛我？你不知道在法庭案件面前，赢才意味着一切吗？公平有什么用？难道你认为我这辈子出那么多次庭就是为了输吗？你这个样子还好意思自称律师！"

莱迪辛想到了唐珀洛洛，开始为自己刚才轻率地发表法律意见而自责。他向多女爸爸道歉，并保证下次不会再随意扰乱多女爸爸了。

那天晚上，哈沙曼的那些热爱社交且不惧雪山的人或骑马或步行来到了哈沙克。那晚,各地的占卜师聚集在一起,整晚跳舞,以驱逐附在别人身上的恶灵。他们也会预测将来、治愈疾病。

莱迪辛租了匹马赶往哈沙克,米丝蒂今晚将培训毕业,他很盼望能见到她,或许还有机会跟她说说话。

集会在米丝蒂家举行,室内人头攒动,还有人挤在门外和房前。空气中满是牛皮鼓的隆隆声和葫芦的咯咯声。

莱迪辛挤进房子看占卜师们跳舞。米丝蒂就在两个胖女人之间,穿着红色粗麻布衬衫,珠链边缘修饰有繁复的图案,链子上还延伸出很多绳子缠绕着她的脖子、手腕和脚踝。她头戴白色珠子做成的小皇冠,腰部以上只有内衣,光着脚跳舞,那舞姿就像一个被附身的女人。莱迪辛想,她的脚趾和脚跟那样大力跺着地面会不会痛。她的脸上汗如雨下。

年老的占卜师用扫帚向观众洒了一些药水,空气中顿时弥漫着草药奇怪的味道。一个胖女人开始占卜,讲到一些对家庭不怀好意的人,还有一些女巫逃到管理松懈的地方,随时准备对无辜的人进行攻击。她时不时对着观众喊一声:"忏悔吧!"观众们则点头回应:"坦白吧!"随后她开始发狂,如同一头受伤的公牛,大喊大叫。米丝蒂和另一位占卜师也开始大叫,她的叫声深沉空洞,好像体内的所有东西都被拽出来了似的。莱迪辛为她的行为感到羞愧,想离开,不想见到她这个样子。

周围的人好像都不同程度地着迷了,他似乎看到房间另一头有蒂珂莎的面庞。但当他努力想向她挤去的时候,她早已不在那儿。他仔细察看房间里的每张脸,却再也找不到她了。

他挤到屋外,去牵拴在木桩上的马,走过房子周围的芦苇栅栏时，他看到一个女人独自站在那儿哭泣。他问："发生什么事了，夫人？"那个女人没有回答。待他走近一看，原来是米丝蒂的母亲，她的整个身体都随着哭泣而微微发抖。他牵起她的手，说："别哭，大娘，米丝蒂会很好的，这是她自己想做的事情。"

过了将近一个月，雪才开始融化。人们得以存活，全靠军用直升机，尤其是南非的直升机所投掷的红十字会救援物资。政府宣布山区进入紧急状态，很多国家捐献了食物。这些食物并没有被送到需要它们的穷人手中，而是落入了政府要员囊中。山里的人又不傻，他们心里对这些清楚得很，但他们无力做出改变。

莱迪辛很焦虑，他从没离开自己的业务这么久。他确定有事故发生，但没人介入，他不相信在没有监督的情况下莫所伊会去做，首先，这个男人还在为唐珀洛洛和自己之间的小事而生气。但莱迪辛确信自己返回莱索托低地时，莫所伊还会跟着他。因为莫所伊无处可去，并且，为莱迪辛工作也是接近唐珀洛洛的一个方法。莫所伊从没放弃把她夺回去的希望。

第一辆卡车到了杂货铺，这对所有人来说都是个好消息，尤其是对莱迪辛。这意味着道路终于可以通车了。莱迪辛叫卡车司机帮他发动路虎揽胜，然后保持发动状态以便换电池。他要为第二天离开做好准备。

下午，沙曼首领召集村民开会，了结多女爸爸的案子，因为目击者已经从棚舍赶来。多女爸爸此时已经对此没有兴趣了，他现在卷入了地方法庭的一个案子，那个案子更令他激动，因为涉及田地和牛群。但他必须先了结这个已经开始的案子，因此他按时出席了庭审。

多女爸爸重复了自己的控诉，村民们再次表达对当今不敬老的儿童们的愤怒。随后两个目击者上场，一个男孩十六岁，另一个是他十四岁的弟弟。首领问他们有没有什么话想说，难道他们不知道多女爸爸是村里最受尊敬的男人之一吗？

年长一点的男孩怯懦地回答："我们为我们的所作所为感到抱歉。"

首领吼道："感到抱歉？你们只会说这个？"

"为什么在指责他们之前不先问问他们为什么那样做？"赫龙说。

"这正是我们想要知道的，佩特罗斯 —— 随便你叫什么名字吧。"

"你可以叫我赫龙，今天又不是周日。"

首领转向男孩们："说说，你们为什么要那样做？"

年纪小一点的男孩语气里充满乞求："那是我们唯一能做的了，先生。"

两个男孩开始讲述事情的经过。他们当时正在暴风雪中照看着牛群，突然看到一匹马，看着很眼熟。马儿一边嘶叫，一边扬起前蹄，好像想引起他们的注意。他们努力想着这匹马到底是谁家的，但就是想不出来。当他们靠近这匹马的时候，发现它正站在一道裂缝边上。他们往下看，发现石头中间卡着一个男人，全身都是积雪，一定是在暴风雪中从马背上摔下昏过去的。他们爬下去，把雪从他身上清理掉，惊讶地发现那居然是多女爸爸，这可是他们主人的好哥们儿。他们想把他拉上去，可他的一条腿卡在两块石头之间，卡得很紧，丝毫不松动。救出他的唯一办法，就是用小刀毁掉那只橡胶靴，这样他们才能把他从裂缝中救出来。

他们把多女爸爸带到他们在棚舍的小屋，喂给他热肉汁。过了一会儿，他恢复知觉，第一件事就是想弄清楚他的那只橡胶靴怎么不见了。"当我们告诉他实情的时候，他很生气。"年纪更小的男孩说着。

"就我听到的这些来看，多女爸爸，这两个小孩救了你的命，但你却要告他们。"首领说。

多女爸爸怒吼道："这是什么审判程序？参与审判的人还没仔细研究这件事，你怎么可以随便判这些孩子无辜？"

一个旁观者说："你对孩子们所说的事情经过有异议吗？"

"事情经过确实是那样，正如我所说，我被困在暴风雪里，赫龙的孩子割掉了我的一只橡胶靴。"

"但他们救了你的命。"

"哪儿规定别人救你命的时候就可以毁坏你的财产了？哪门子法律是那样规定的？莱罗索利法律上有这一条吗？需要我提醒你们，我们这里的法庭审判要依据莱罗索利法律吗？那个法律才是根据我们的习惯法设立的。莱罗索利法律上有写人们在救你命的时候可以毁坏你的财产吗？"

参与审判的人们都不想跟多女爸爸多争辩，案件就这样被驳回了。

多女爸爸对结果很不满意，扬言要去地方法庭上诉。他向村民们保证，那儿的领导才是懂法的人，不像这里的人，无知且容易被赫龙的巫药所影响。如果他在地方法庭输了官司，那也是因为有时候庭长容易被赫龙这样的人收买。那样的话，他会继续上诉，直到法院专员甚至是马塞卢高级法院裁判。

　　但赫龙很愤怒，因为这浪费了他宝贵的时间。他抱怨道："我知道诉讼成了我们俩之间的竞赛，但这个人就是在浪费我的时间和金钱。我为政府工作，没有时间陪他玩。我花时间和金钱把这些孩子从棚舍接来，谁去看管我的牛？你们也都听到了，他说他不服你们的判决，要继续上诉。这就意味着我这辈子都要耗在全国各个法庭上了。那谁来管停机坪？"

　　赫龙气冲冲地走了，多女爸爸也骑马离开了。参加审判会的人在他们身后嘟囔，惹怒赫龙这样的人是不明智的。

　　多女爸爸骑马回家的时候，闻到了空气中要下雨的味道，乌云在他头顶聚集。他很高兴积雪终于要融化了。但这些欣慰很快就荡然无存，大片闪电袭击宁静的高山，轰隆的雷声似乎要把他吞没。这是马儿这几天第二次扬起前蹄，多女爸爸被摔在地上。他的马就这样脱缰了，他挣扎着站起来，颤颤巍巍地追在后面，可另一个闪电打来，他再次被抛在地上。地面如在狂舞，他双脚无力地蹒跚前行。大地在颤抖，周围电闪雷鸣。突然，一切恢复宁静，他像一只受惊的兔子般狂奔回家。

　　他一到家就叫来一个牧童："快去赫龙家告诉他，我不会再因为判决继续上诉了。我撤销对他的控诉。"

　　第二天他去送莱迪辛，说："单身妈妈家的孩子，一路顺风，我希望你能永远记住你让我输了场官司。"

　　莱迪辛很讨厌被称作单身妈妈家的孩子。其他人都是把家里男主人放在称呼前，他却相反。他知道多女爸爸那样称呼自己是因为对他不满意。他会做出弥补的，他可不能让心爱的唐珀洛洛的父亲生他的气。

11. 大暴雨

终于下雨了，这场雨打破了多年来的干旱。那些追随莫修修二世的人说，这都是因为他停止被迫休息回来了。他们现在替他四处游说，努力帮他恢复君主政体。莫修修的儿子莫哈托，现在被称作莱西三世，在父亲被流放期间登基，但王位受政治影响，岌岌可危，因此他希望父亲能收回王位。政府坚持让莱西永久为王，莫修修只能降级为首领。那些不相信王权制度的人认为，这一辩论只是浪费时间和金钱，整个制度应该在很久以前就确立了。一个贫困国家，不应该维持一个不利于人民只利于自己的制度，共和政体才是唯一出路，那种制度下的领导人是由人民根据功绩选出来的，而不是生来就注定的。

但不管怎么说，人们还是很欢迎这场雨的。在干旱期间，马塞卢的水是定量分配的，泳池填不满，车子也洗不了，每天只有早晚两次供水，每次各一个小时。在马费滕这样的小镇，人们要走上好几里地去找水。但当权者们整日吹嘘这个国家被赐予了这些白色金子，甚至还出售了一些给南非，而国内从未见到这些白色金子，他们正因为干渴而步入死亡。现在下雨了，人们解脱了，雨下得太大，以至于作为马塞卢和橘色自由邦省分界的莫霍卡尔河泛滥，山上积雪融化，使地面河水更多了。

在位于马塞卢郊区福罗里达的家中，莱迪辛透过窗户看到莫霍卡尔河的泥水几乎淹没了岸上的白桦和柳树。一些尸体在水上漂浮，强劲的水流带着它们横冲直撞。这些人有的是在高山试图过河，有的原本是在河岸捡拾木柴。河水带着这些尸体漂流了几公里，有时撞上石头，冲走衣服，导致它们赤身裸体，甚至让它们和树桩或者被连根拔起的树相互缠绕。经过了很多地区，在漫长的旅途之后，莫霍卡尔河会将这些不情愿的"乘客"吐入萨谷河，萨谷河又会将它们冲入大海。但是人们说大海一向以自己的纯净为傲，是不会接受尸体的，这些尸体会被冲到海岸上成为鸟儿的食物。

莱迪辛盘算着如果这雨再下几天，水一定会淹到这座房子，那样他倒挺高兴的。他很希望洪水可以淹没摧毁这座房子。他不是很喜欢这个地方，虽然这确实是座不错的房子，有三间卧室、一间书房、一间浴室、一间主卫生间、一间次卫生间、一个大客厅和一间带就餐区的厨房，但他并不是自愿住在这里的。

距莱迪辛因暴雪被孤立在山中已经过去一年。一个月后回到酒店时，他发现唐珀洛洛已经退房，带走了自己的一切东西，包括他的衣服，并在前台给他留了字条，上面写了个福罗里达的地址，说在那儿等他。

莱迪辛驾车前往福罗里达，来到一座自带庭院的红砖房子前。这座房子离莫霍卡尔河只有几百米，在殖民时期，这座老房子是给白人文职人员住的。在这里可以看到美丽的河景和河对岸苍翠的自由邦省农场。他敲了几下门，唐珀洛洛开门后很高兴地亲吻他一遍又一遍，激动地告诉他自己已经决定为他们两人租下这座房子，因为酒店的房间实在太小了。

"你要租下这座房子？"莱迪辛简直不敢相信自己的耳朵。

"是啊，你不觉得这个房子很棒吗？"

"你不觉得你应该等我回来再做决定吗？"

"噢，莱迪辛，别这样！我知道你不会介意的，你不会希望我们的儿子出生在酒店客房里吧？"

"我们的儿子？"

"当然，我怀孕了，傻瓜！"

莱迪辛不知道是该哭还是该笑。他从没遇到过这种事，要把一个女人当作家庭成员。他感到很茫然，唐珀洛洛和莫所伊结婚多年都无所出，可此时此刻他却要当唐珀洛洛孩子的父亲了。他上前拥抱和亲吻唐珀洛洛，有了孩子确实是个好消息，这样多女爸爸和多女妈妈就只得祝福这两人的结合了。两位老人以前总是抱怨唐珀洛洛没给他们添个外孙，而他们最小的女儿都已经有小孩了。

但莱迪辛还是为房子的事感到不快。他总计划着从维多利亚酒店搬出来的时候，一定是搬进自己建的豪宅中。他都已经准备建造房子了，地点也已经勘查好，只等土地管理部门下发文件了。他还是觉得唐珀洛洛应该先同他商量，而不是擅自做主，毕竟这件事也影响到他的生活。但他决定忍住这一不愉快，他不想给她的好意泼冷水。

怀孕期间，唐珀洛洛过得很幸福，他们两人相互体贴，并且大多数时间都会在一起。她是如此善解人意，温柔大方。莱迪辛从不敢忘记自己是何等幸运，能让唐珀洛洛这样的女人如此毫无保留地爱着自己。

孩子出生在布隆方丹的一个私人诊所里，是个女孩。当护士宣布这个消息时，莱迪辛正开车往布隆方丹赶去。他带着一束鲜花走向唐珀洛洛的病房，可她看到他并不激动。他像往常一样等着她的拥抱和亲吻，可她拉开距离，表现得很冷漠，他把这归咎于生育孩子让她受太多苦了。

开车回家时，莱迪辛一直都在说婴儿实在太美丽了，长得很像母亲，她母亲是他所知道的世上最美丽的女人。他的孩子以后一定会前途无量，可以当莱索托的总理。等曼德拉与布尔人谈判结束、南非解放后，莱索托就会成为南非的一个省，那她可以成为南非总统。在这些闲聊之中，唐珀洛洛一直都很安静地坐在后座给婴儿哺乳。最后，莱迪辛问道："唐珀洛洛，发生什么事了？你安静得很不寻常啊。"

她猛地打断他的话："你刚在说什么？"

"我在说我们自己，还有孩子。"

"孩子？这见鬼的孩子！你知道你坐在马塞卢的办公室享受的时候我经受了多大的痛苦吗？你生过孩子吗？你没看到这是个女儿吗？"

"当然，这是个女儿，亲爱的。她像你一样美丽。"

唐珀洛洛开始冲着他大吼，她的声音不再沙哑性感，而是尖锐刺耳。她问他要女儿有什么用。她想要的是男孩，她的家族需要一个男孩。她母亲生的都是女儿，她的姐妹生的也都是女儿，只剩下她可以给家族生个男孩了，可她让家人失望了，倒不如说是莱迪辛让她失望了。"你太没用了，莱迪辛！"她抱怨道，"没用！没用！没用！你连个男孩都造不出来。"

　　这是他们第一次争吵，但不是最后一次。自那以后，他们几乎每天都会吵，而且争吵的理由在莱迪辛看来都是鸡毛蒜皮的琐事。他猛然醒悟：他的女神也有缺点。

　　他们有时会在周日晚上大吵，通常发生在塞索托体育馆或匹索体育场的足球赛结束后。她是个狂热的球迷，尤其她支持的球队班图队上场时，她会把婴儿丢给保姆，自己跟朋友去体育馆观看比赛。比赛结束后，她会喝得大醉，摇摇晃晃唱着歌回家："班图，班图，班图万岁！"这首歌是专门赞美这支马费滕球队的，那儿的人都称球队队员为恩德贝勒黑人。然后她从保姆手中夺过婴儿，带着婴儿跳起舞来——如果班图赢的话，她会这样做。

　　莱迪辛在一旁试图唤回她的母性本能："唐珀洛洛，你这样会伤到孩子的。"

　　她会大叫着回嘴："你闭嘴，你只是嫉妒，因为你支持的是马特拉玛队。"

　　"我当然支持马特拉玛队，班图队太没用了。"

　　"你才没用，把孩子拿走。我居然还要跟你同床共枕，你这个连儿子都造不出来的孬种。"

　　这样的讥讽让莱迪辛很受伤，他试着把孩子带离她身边，但这只会引发一场拉锯战，直到保姆过来救下孩子。唐珀洛洛猛扇莱迪辛耳光，莱迪辛也对她拳打脚踢，他们就这样全面开战了。孩子在一旁吓得尖叫，保姆恳求他们住手，这样的行为完全就像被宠坏的孩子。她根本打不过他，但最后经常是他鼻青脸肿地回到书房。

　　如果班图输了，唐珀洛洛就会很沉默，不跟任何人说话，甚至不做晚饭。如果班图输给马特拉玛，情况就更糟糕了。她会把锅碗瓢盆到处扔，冲着莱迪辛大吼大叫，说他无能，说他只是碰巧进了一球让她怀孕，就像他支持的那支没用的马特拉玛队一样，运气好蒙进了一球而已。

暴雨已经平息，莱迪辛可以看到自由邦省的农场黄色的向日葵上有一道淡淡的彩虹。即便是在书房，窗户紧闭，也可以听到外面莫霍卡尔河的流水声。他希望能出现他在电视里看过的那种可以毁掉密西西比河边整座城市的特大洪水。大雨通常有利于车祸的发生，尤其是那些狂野的司机和全国闻名的惊险公路。想到公路事故他就焦躁不安，最后决定去办公室。

唐珀洛洛在炉子上做饭的时候，随手把婴儿放在水槽边，任她无人照顾。

他看不下去了，提醒了一句："你不该把孩子放在一边，她会掉下去的。"

唐珀洛洛反问道："你以为这孩子跟你一样蠢吗？"

他对她的讥讽毫无反应，一边走向门口一边说："我去办公室一趟。"

唐珀洛洛在他身后大喊："听着！不准那么大力关门！"

他本无意大力关门的，但作为对她的警告的回应，他猛地把门关上，屋里的婴儿被吓得大哭起来，水槽边的一个杯子也被震得掉到地上。

外面正下着毛毛细雨，雨小到都无法把一个人淋湿，人们把这种小雨称作苍蝇的唾沫。他登上车子，驶向位于莱索托银行大厦的办公室。

办公室里并没有索赔表格需要他填写，他的生意现在一落千丈，这都是从他被隔绝在山中的时候开始的。他不在办公室的时候，交警和救护车司机在事故发生时给办公室打电话，但没有人前往现场。秘书四处寻找莫所伊，但他只顾着在西贝拉的某个酒馆喝酒，他想来工作的时候才会来。秘书向他抱怨时他反问道："老师不在这里，来工作又有什么用？就算我带来事故细节和签署好的表格以及授权书也没用，他是唯一知道怎么完成程序并寄往保险公司的人。另外，我也没钱去那些村子找寻遗孀。"

确实，莱迪辛并没给他们留下钱。他原本计划在哈沙曼度过一周，而不是一个月。他曾通过赫龙的电台向马塞卢警方发消息，请他们通知他的雇员，他不在期间，要做好自己的工作。可是大多数工作都只能等他回来完成。

不幸的是，他的交警和救护车司机都等不了，他们太需要那份佣金了，所以只能转投其他诉讼律师。马里布收了他们大多数人，甚至就连莫所伊也想再次加入马里布的团队，但他无法做出什么贡献。马里布说："你曾经背叛我去投靠莱迪辛，现在情况不好你就想回来？门都没有！"

虽然莱迪辛在慢慢努力，重新在这一行里站稳脚跟，但竞争越来越激烈。除了马里布之外，还有一些后起之秀，从经验不足的正牌律师，到像他一样在做员工时积累了丰富经验的江湖骗子，所有人都想来分一杯羹，因此他在自己的公文格里什么表格都没找到。

是时候去医院走访了，幸运的话，或许可以在那儿找到一两个客户。他比较喜欢去地区的小医院，那里有时可以找到被他的竞争对手忽视的事故受害人。他告诉秘书他要去一趟马费滕，但首先要换上那套被放在橱柜里的黑色西装，再把领子立起来。今天他要扮演一位神父，去为病人祷告。医院管理者防范诉讼律师的手段越来越高明，他们把这些律师称作清道夫，并且禁止这些人进入病房。凭着这套牧师装扮，莱迪辛得以顺利进入病房。

令他放心的是，马费滕医院非常忙碌，他穿过伤亡事故区，与每位病人简要谈了几句，然后在见下一个病人前嘟囔着一阵祷告。他首先去男病房，询问每个病人是因何住院。有的人是在和女人打架时被刺伤，有的人是在抢劫时受伤，最后，他找到一位车祸受害者，问："有人来找你谈过保险权利吗？"

这位病人回答说："是的，一位律师在事故现场就找过我，但他说因为我是司机，所以我没权索赔。"

"噢，原来你是司机啊。他说得对，你在这场事故中不是第三方，只有第三方才能索赔。愿上帝保佑你。"随后他走向下一位病人。

他确实找到了几个属于第三方的事故受害者，但他们已经在事故现场跟马里布的手下签了名。

他转向女病房，重复着这些步骤。这里的女人有的是和男人打架时被开水烫伤，有的是被伴侣虐待的妻子或女友，还有的是被强奸后刺伤的少女。也有几个事故受害者，但可惜没有一个符合第三方索赔条件。

莱迪辛想，事故现场确实是获得顾客的最佳地点，但如果没有雇用到交警或救护车司机，怎么才能第一时间获知消息呢？

病房里充斥着腐臭的气味，为什么政府的医院总是这么脏？他走出病房，呼吸新鲜空气，恢复精力后，决定去停尸房试试。于是他找到看守人员，说他想为尸体祷告。

看守人感到奇怪："我见过来这儿给病人祷告的，可从没听过还有给死人祷告的。"

"这个嘛，神父也有不同的工作方式，我比较喜欢给死者祷告，这样他们的灵魂会得到救赎，最后获得平静。"

看守人很为这位牧师的精神感动，于是打开了门。

莱迪辛请求道："你能带我四处转转吗？我习惯给他们一个一个祷告，我需要知道他们的死因。"

看守人老实地回答："其实我对这里的大多数尸体也不是很清楚，我只是在这里工作而已，但我会尽力帮助你的。"

所有尸体都躺在混凝土板上，被白色尼龙或类似帆布的材料包裹着。莱迪辛必须把盖布打开，检查尸体身上的伤痕，看是否和机动车事故造成的伤口一致。在打开这些布料的时候，他念叨着祷告词，愿上帝宽恕这些罪孽，让这些可怜的灵魂能选择那条通往天堂的窄路，哪怕路上布满荆棘。

尽管看守人很敬佩牧师，但他还是忍受不了这里的腐臭气味。他询问莱迪辛自己可不可以先出去。莱迪辛善解人意地说："可以，如果你实在忍受不了想要吐的话，你可以先去门口等着，我需要你的时候会叫你的。"

莱迪辛继续打开裹尸布检查尸体，为他们嘟囔着毫无意义的祷告词，然后再把尸体包裹起来。最后，他看到一具被乱砍分尸的尸体，这个尸体肯定是事故的受害人。死者手腕上有一个手环，上面写着姓名、所住村庄和首领的名字。莱迪辛迅速记下这些信息。

后面还有很多尸体没检查，但他实在受不了了，这里腐臭的气味已经淹没他了。他冲出门，呕吐起来，看守人赶紧拿着废纸篓跑来，可已经太迟。莱迪辛呕吐时，感觉像是回到了1970年。他回忆起那晚他在科博克万的酒馆里喝得大醉，莫所伊和几个朋友护送他回家。

他离开医院后，驶往哈罗默克勒。房屋还是立在那儿，一如既往地荒废着，放荡的女人们站在外面，做着她们母亲曾做过的事，像妖女一样引诱着缺乏警惕的游客。她们妖媚地唱着歌，告诉游客她们那美丽的身子可以和那些一本正经的人做些什么。科博克万先生的红房子还在老地方，看上去比莱迪辛记忆里的要小，但二十三年过去了，所有东西都变小了，不是吗？就连科博克万先生也变成了一个干瘪的老头，双眼充血，头发灰白且只长在头顶零星几块地方。

他很高兴见到莱迪辛，热情地招呼道："见到你真好，自从你成了百万富翁之后我们就再没见过你。你不认为该跟老朋友分享些财富吗？"说罢便大笑起来，然后叫莱迪辛给自己买点酒喝，莱迪辛只买了半瓶酒，和他坐在一起为旧时光干杯。他不想开回马塞卢，被唐珀洛洛的各种事情困扰。

科博克万从橱柜里拿出半瓶白兰地和两个杯子，莱迪辛要求加冰块或者水。科博克万笑他成了百万富翁之后，喝酒就不行了。真正的男人喝白兰地是不加任何东西的。不过他还是给了莱迪辛一罐水。喝酒时，科博克万对他开起了唐珀洛洛的玩笑："听说现在你和莫所伊的老婆同床共枕了，你真是太勇敢了。就连圆球警官那样的地区警察指挥官都害怕她。"

莱迪辛试图换个话题，不再谈论唐珀洛洛："说到圆球警官，他怎么样了？"

"你不知道吗？他六个月前死了。可怜的圆球警官，他死的时候分文没有。虽然我们也不是很富裕，我们都很贫穷。因为政府换了，他也丢了警察的工作，然后为天主教区当信差，他死的时候孤身一人。对，我们都很贫穷，你知道科博克万夫人也为了一个年轻男人离开我了吗？她们现在都跟着年轻男人跑了，她们都叫那些男人'亲爱的'。"

莱迪辛晚上开回马塞卢的时候心里暖暖的，他这一天并没有浪费。至少他见了一个老朋友，一起追忆过往。还有了一个潜在客户，如果马里布的手下没有去找死者亲属的话。当然，如果这个人确实是死于机动车事故并且属于第三方，那莱迪辛必须第二天就赶往死者村里。他不能再把这么重要的工作交给莫所伊了，他要亲自负责这个任务，重振约瑟夫·莱迪辛保险索赔顾问公司，拿回曾经的荣耀。他一定会成功的。

就算他这次失败了，那也不是世界末日。如果保险生意做不了，他就建所小点的房子，再用剩下的钱做新生意，或许收购或建造一家酒店，售酒肯定也能赚钱。

唐珀洛洛站在门前，一见面就开始质问道："莱迪辛，她是谁？"

"谁是谁？"莱迪辛感到莫名其妙。

"你去马费滕见的女人是谁？你撒谎说去办公室。我去那儿找你，你的秘书告诉我说你去了马费滕。"

"我去马费滕找客户，唐珀洛洛。"

"什么时候你要亲自找客户了？你在办公室肯定无事可做，所有工作都是员工做的。你找客户，那莫所伊是干什么吃的？"

　　他不知道她为什么要去他办公室，如果她要什么，打个电话就可以了。他发现不论何时，只要他不在，或是没接电话，她就濒临崩溃。就算没什么重要的事要说，她也想随时跟他保持联系。他第一次觉得自己陷入麻烦了，她太喜欢妒忌了。

　　他还记得有一天，她突然冲进办公室，发现他正在和一位女客户交谈。那位客户十六岁，长得像是从青少年流行杂志中走出来似的，非常漂亮。唐珀洛洛盯着她大叫："这就是你背着我做的事情？你说你来工作，事实上你是把自己和这些女人锁在办公室里做些见不得人的勾当。"

　　莱迪辛安抚道："她只是个孩子，她是事故受害者的家属。"

　　唐珀洛洛这才发现自己错了，但她才不会低头认错，而是双手叉腰站在那儿，固执地说："就算这次不是，但谁能保证每次都不是呢？我盯着你呢，莱迪辛，我知道你们男人最擅长这些了。"

　　是的，这就是问题所在，她狂热地爱着他，并充满嫉妒。但莱迪辛不明白她为什么以伤害她爱的人为乐，为什么她看不见他为了让家里过得更好而做的一切努力？只要他不在，她就会因为被寂寞折磨而疯狂地寻找他，说不定有一天她还会采取安保措施。她会明白，除了她，他没有其他任何女人。

　　第二天早上，莱迪辛告诉唐珀洛洛他要去马费滕地区的卡拉班去看一名潜在客户。唐珀洛洛尖叫起来："又是马费滕！马费滕的那些女人知道你讨厌她们家乡的球队班图，恩德贝勒黑人吗？"

　　"根本没有什么马费滕女人，我是去那里工作，我甚至都不去镇上，而是去卡拉班村。"

"你和你孩子在一起的时候，连玩具都不给她买。我带她去公园的时候，她因为别的小孩有玩具而自己什么都没有大哭起来。"

又有新的问题了。他都不知道唐珀洛洛在说什么，女儿已经有很多玩具了，家里开家玩具店都绰绰有余！

莱迪辛到达卡拉班时，得知死者确实是死于车祸。在一个黎明，他摇摇晃晃地从马费滕酒店的拉斯维加斯迪斯科舞厅出来，被一群醉酒青年驾车撞死，那些青年也是从迪斯科舞厅出来的。莱迪辛在想，那个年纪的人在迪斯科舞厅跟群小孩能干吗？

事故发生后不到一小时，马里布的手下便到事发现场获取了死者亲属的所有信息。他们到达卡拉班后，发现亲属的情况有些复杂。这个男人原本和妻子同住，并育有四个孩子，但后来出去和情人同居了，因此两个女人便吵起来，都说自己有权埋葬死者。这也导致葬礼被一拖再拖，这具七零八落的尸体就一直躺在马费滕医院停尸房的混凝土地面上。三个星期后莱迪辛发现了他。

最后死者的亲戚和村里的老人们决定在第一位妻子家中举行葬礼，她和他的孩子们都是死者财产的合法继承人。而情人坚持要参加葬礼，因为她和死者也有一个孩子。这样说来，她也是一名遗孀。

马里布得知老人们的决定后，把第一位妻子视作第三方保险的原告，并亲自前来让她在所有表格上签字。

莱迪辛在守夜那天赶到卡拉班，死者将在第二天下葬。

莱迪辛得知那场争论之后，决定留下守夜，跟那位情人好好谈谈。

到了晚上，人们聚集在一个大帐篷里唱赞美诗，被感动的人们站起来开始布道，歌颂主的光辉。以及死者的善行。其他人则在追忆他生前的时光，就连玩笑里也透出他是个受人爱戴的好人。

棺材放在桌上，人们列队依次去看死者最后一眼。通常，这个仪式会在葬礼当天清早就结束，但人们担心尸体会腐烂到大家都认不出来，那些想见他最后一面的人就要求守夜这天就举行这个仪式。

那位情人也在队列中，想看爱人最后一眼。轮到她时，旁边的目击者突然尖叫着跑开。守夜因此一度混乱，每个人都在谈论尸体对情人微笑的事，有的人甚至发誓说尸体不只微笑，还眨了眨眼。他的妻子和支持他妻子的人都很气愤，她才有资格得到丈夫的微笑，她为他生了四个孩子。但他们又自我安慰道："他想对那个女人笑多少次就笑吧，反正她从保险金里一个子儿也拿不到。律师跟我们签了文件，不是跟她签的。"

莱迪辛向那位情人做了自我介绍。起初她不愿意和他讲话，因为她说律师都是骗子。"现在他们想把钱都给她，可这个男人爱我比爱那个老巫婆要多得多。要不然他为什么向我微笑，而不是向她？"

"所以我想跟你谈谈。"莱迪辛说道，"我是从另一家律师事务所来的，我认为我们可以争取一下。"

"我没有钱雇律师。"

"我不会向你收取费用。如果我们赢了，保险公司会付给我钱。"

这位情人开始告诉莱迪辛那个男人的事情。他在马费滕镇上靠修收音机为生，养着两个家庭。她认为她有权得到保险金，因为他经常对她说他爱她，还说他和老巫婆住在一起只是因为那四个孩子。

莱迪辛说："你只需告诉我事实，不用把你的意见强加给那位妻子。你的孩子上学了吗？"

"她以优异成绩通过七年级考试，但我们没钱送她去读高中，有人说可以给她奖学金，但首先必须看我们的结婚证。"

"你们没有结婚证，所以她就得不到奖学金？"

"他死前一个星期我们去了锡安会，那里的主教是他的朋友，他们曾一起在矿井里工作。我们签署了一份文件，他准备把那份文件带给那些提供奖学金的人看，但他还没来得及做这件事就死了。现在我可怜的女儿上不成学了。"

"你还有你们签署的那份文件吗？我想看看。"

他们开车前往村子另一头，莱迪辛把车停在她家门口，她去拿那份文件。

那确实是一张结婚证书，莱迪辛简直无法掩饰自己激动的心情。他知道在这个案子上他已经赢了马里布，他在法律方面知识贫乏，但他知道，在教堂举行过隆重婚礼或者被法律权威认证的婚姻高于民俗婚姻。他确定第一任妻子只是民俗婚姻的所谓妻子，因此所有保险金都应该归这位情人所有，因为她才是法定配偶。他很惊讶马里布这位法律专家竟然如此粗心，忽略了这些事实。或许是因为他太懒，没有去探查真相，并且想当然地认为妻子就是法定继承人。莱迪辛想羞辱他，永远把他踩在脚下。约瑟夫·莱迪辛保险索赔顾问公司会恢复声望，所有交警和救护车司机也都会回来，他会再次称霸公路。

那位情人，不对，她再也不是情人了，她不懂为什么莱迪辛会这么兴奋，不知道锡安会的这张纸有什么重要之处。她甚至都不是锡安会成员，她死去的爱人也不是，他们只是去找那位主教看在老朋友的分上帮个忙，为此付给了他一些报酬。

莱迪辛向她保证，这张锡安会的文件是她生命中最重要的东西："我百分之百肯定，所有的保险金都是你的，那个女人一个子儿都得不到。"莱迪辛说着，递给她授权书和索赔表，让她签字。

在回马塞卢的路上，他高兴地唱起了弗兰克·李帕和杉可莫塔的歌。

唐珀洛洛在家门口迎接他："马费滕先生，父亲正在客厅里等你呢。"

多女爸爸正在客厅里一边为电视机感到新奇，一边逗弄着婴儿。他刚结束那些供他消遣的诉讼，打算歇一会儿，所以来到可怕的莱索托低地看望外孙女："如果要等你们带她去哈沙曼，我或许要等一辈子。"

"父亲，我们确实打算近期带她回去的。"

"你已经一年多没回去了……自从那次大雪之后。难道是因为你搞砸了我的案子你才不回去的吗？"

"不是，不是因为那个案子，而是因为我回来时，发现我的生意因为我不在而被破坏了。我现在正试着东山再起，所以我这么晚才回家。事情现在进展得很顺利，等一切都稳定下来之后，我就可以回哈沙曼了。"

"你知道唐珀洛洛对你有意见吗？"

"唐珀洛洛的嫉妒心太强了，父亲。现在既然您在这儿，我希望您可以跟她谈谈。她一点也不尊重我，对待我就像对待一块破布一样。"

"莱迪辛，你是个男人，你才是掌握控制权的人，你应该知道如何控制女人。"

"但现在是现代社会，父亲。我们不控制女人，同样，我们也不希望被女人控制。"

"好吧，既然你这么想，那就别在我这里哭哭啼啼了。"

12. 迷 雾

　　春天，鸟儿们都在采花蜜，喝得醉醺醺的，它们鸣叫嘶哑，歪歪扭扭地试图飞成圆圈，背负的东西比自身还重，却还要负重飞进树林中或者房屋的墙壁夹角。它们很容易成为男孩们的猎物，烤它们的火早已点好了。

　　男孩们还会喝花蜜，喝完马上就醉得手舞足蹈，非常欢欣。他们能看见别人看不见的东西，有的人甚至声称他们大醉时，可以和妖怪一起玩游戏，那些妖怪从家里的卧室跑出来，和牧童一起寻找刺激。这种妖怪很调皮，喜欢喝奶牛产的奶，或者骑在小牛身上。

　　在哈沙曼村，这些通常都是欢乐的时光。欢笑就像打哈欠一样会传染，欢乐的男孩们把这种情绪散布在空气之中，大家呼吸到这种空气也跟着心情好起来。即便是蒂珂莎，这个决心永不快乐的姑娘，看黑巧克力的表情偶尔似乎也会露出微笑。

　　黑巧克力为此感到很高兴，蒂珂莎朦胧的微笑给了他莫大的希望，使他更加坚信她最终会接受他，并相信自己是她最适合的追求者。苍蝇都在他腰部附近盘旋，或许是感受到他那激昂的情绪，它们嗡鸣得更欢了。他身上的味道因为温暖的日照而更加浓烈，使无辜的路人们遭殃，但他们也只是毫无冒犯地笑笑。这日子太美好了，就不用过分讲究礼仪了。

沙纳的音乐更是为这份欢欣锦上添花。让黑巧克力懊恼的是，他总来蒂珂莎窗前演奏木琴。他的音乐让黑巧克力很烦躁，因此黑巧克力此时都会离开，去帮酿啤酒的人运水，或者和马赛琳娜祖母坐在一起。在他估摸沙纳已经去田地里给鸟儿或去山间演奏时，他才回到蒂珂莎屋外，眼巴巴地望着。

沙纳最近唱的歌是关于迷雾的，要不是他在歌中提醒人们迷雾的危险，大伙都快忘记了。他唱着危险的迷雾肆意残杀，在他的歌中，人们要么为了逃亡而跌落悬崖，要么在迷雾中窒息而死。

沙纳是真的害怕雾，甚至看见远山云雾缭绕时，他都会竭尽全力赶紧跑开，躲在多女爸爸卧室的床下。多女爸爸认为他有些不可理喻，要求他带着牛远离村庄时，他会乞求道："求您了，不要让我去那么远，要是迷雾来了怎么办？"

多女爸爸毫不留情地回答说："我们世世代代都害怕迷雾，可直到现在它也没做什么。你不想去那么远只是因为你懒惰，你除了吃和玩木琴之外什么活都不干。"

友好的氛围渗透了哈沙曼的每个角落，老朋友和老敌人之间也开始相互走动了。赫龙和多女爸爸开始相互拜访，坐在太阳下聊天。

一个周日下午，佩特罗斯从教堂和教会老年会议上回来后，他们俩坐在多女爸爸庭院里的蓝桉树下。在他们喝着多女妈妈酿造的起泡啤酒时，一群妇女正走向通往村子下方的小路。她们要去黑河，最后到达哈沙曼。他们对这些妇女的相貌品头论足。

"她真丑，长得就像抓人的妖怪似的。"多女爸爸他们刚刚和其中一个女人礼貌地打了招呼，转身就偷偷取笑道。

佩特罗斯大笑起来，回答说："她的丈夫也很丑，他们简直就是哈沙曼最丑的一对夫妻了。"

"哈沙曼有很多丑人，但是她丈夫嘛，他是个男人，男人有权利长得丑。"

"说得对，男人只要有牛，他就永远不丑，男人的美是用是否有牛来衡量的。"

多女爸爸向佩特罗斯讲述了去拜访莱索托低地的经历。事实上他之前已经去了莱索托低地无数次，而且距离他从女儿家回来已经很久，可他仍不住地在谈论这次经历。他说他希望他最讨厌的敌人在莱索托低地度过一生："他们有很多很棒的东西，有一个东西叫作电视机，可以在家中放映节目。但他们过得很悲惨，我们过得快乐且自由，他们却不能这样生活。"

佩特罗斯补充道："还有牛和田。这就是我讨厌在马塞卢生活的原因，吃东西必须花钱。"

"对，马塞卢的生活就是人吃人，赫龙……我是说佩特罗斯，他们的生活太不幸了，欢笑必须靠激发，那里有一群人专门逗别人笑，并且酬劳很高。"

"多女爸爸，你来说说，这些人过的是什么生活？欢笑必须用钱买。这难道不应该是上帝赐予的一种本能吗？这是我们每个人都有并且都可以分享的本能。当我在莱索托低地看到那些被称作喜剧演员的卖笑小贩时，我总说这不是正常人的生活。"

"我想唐珀洛洛得回来了，毕竟我们现在有高中了，并且需要老师。"

"她丈夫怎么办？"

"哪个丈夫？"

"难道不是那个马塞卢的律师，单身妈妈家的孩子？"

"佩特罗斯，我不知道。如果有人告诉我，他们现在不在一起了，唐珀洛洛又回到了那个警察身边，我也会相信的。我在那里的时候，看到他们整天打架。单身妈妈家的孩子根本算不上一个男人，我试着劝过他。但问题是我已经老了，我积累了这么多人生经验，可是没人听从，难道他们认为我已经又老又蠢了吗？"

"这是现在的孩子们的普遍问题。我们总是想帮他们，可是他们根本不需要，人生好比一条河，他们不愿意利用我们的经验来探探河水的深浅，好让自己安全过河。"

尽管才到傍晚，这两个朋友还是决定各自回家休息，他们已经一起度过了惬意的白天。以前，他们会去找个更好的地方消磨晚上的时光，直到喝得醉醺醺的，然后，去找宴会、舞会和酒馆。不仅是在哈沙曼，他们也会去邻村，比如哈沙克。但现在，随着年龄大了，他们喜欢细微之处的快乐，在飞逝的时光中，这种快乐更令人陶醉，就像偷情的时刻一样。

第二天清晨，多女爸爸叫醒沙纳，他们要把牛赶到遥远的棚舍。定期减少村中的牛，将它们赶到棚舍，这一措施是很有必要的。村里的牧草只够少数牛吃，所以每家都只保留那些耕地的牛、挤奶的牛和少数用来跟奶牛交配的公牛。多女爸爸的牛越来越多，已经无法管理了。他必须赶一半牛到棚舍里，那儿放牧着一千多头牛。

自从沙纳来到村子，他最远也只去过田野和山腰。他因为害怕去远山而试图拒绝，但多女爸爸吼道："别这么胆小！勇敢点！我和你一起，你有什么好怕的！"

趁多女爸爸洗澡的时候，沙纳跑到蒂珂莎的屋外，在窗边演奏木琴。起初蒂珂莎以为他是在她梦中演奏，当她意识到自己已经醒了的时候，才知道沙纳正活生生地站在窗外。她打开窗户，他停止了演奏。这是他们认识以来他第一次跟她说话："请在我回来之前帮我保管这把木琴。我要去很远的山上，我希望可以活着回来见你。"

他们在日出之前出发，多女爸爸骑着马，沙纳在一旁步行。他们把牛赶向地平线的方向，那儿的山峰亲吻着紫粉色的天空。他们行走了好几个小时，爬了一座又一座山，穿过溪水和河流。他们有时停下休息，让牛群和马可以吃草喝水。多女爸爸递给沙纳一块蒸面包，并打开一个卷心菜的酸菜罐头，分给他一些。

接近傍晚的时候，他们进入一个峡谷，突然，所有东西都呈现白色，这是因为起雾了。沙纳吓得发抖，但多女爸爸催促他继续前行。男孩不愿意继续走了，他想要回去，多女爸爸不再温声细语了："快走，蠢货！我们还有很长的路要赶呢！"

迷雾越来越浓，多女爸爸也开始害怕起来。沙纳紧紧抓住马后蹄，却被踢开。当他站起来时，迷雾已经将他包围并撕扯他的衣服。他转身奋力奔跑，但迷雾紧追不放，最终抓住他把他丢到草地上。他在迷雾中开始窒息，试图发出含糊不清的尖叫，并胡乱踢着双腿，想跟迷雾搏斗，但迷雾让他摔倒了一次又一次。突然，他一动不动，手脚扭曲，那好似要尖叫的表情凝固在脸上。

　　第二天早上，人们很惊讶地看到多女爸爸带着牛回来。他牵着缰绳，马鞍上是沙纳柔软的身躯。他时不时地停一下，向那些准备去田地干活的好奇群众解释沙纳死于迷雾这件事，然后安慰自己和那些跟他一起痛哭的人，说："这太让人伤心了，他是那么漂亮的一个男孩，可以谱出美妙的音乐。但是我们能做什么呢？我们能说什么呢？我们从出生开始就注定要死亡。我们对此无话可说。"

　　在多女爸爸带着这个坏消息踏入村庄之前，蒂珂莎就知道沙纳遭遇了不幸。在沙纳被杀死之时，她全身突然感到疼痛。那时她还不知道为什么，但那晚她在梦中试图召唤沙纳时，他没有出现。

　　当她知道发生了什么事的时候，她把这一切都归咎于多女爸爸，是他让沙纳死于迷雾之中的。她对待在老位置的黑巧克力难过地说，将牛赶到棚舍只不过是想在人们视线之外杀死这个男孩。黑巧克力在酒馆散布了这个消息，很快，全村人都在谈论多女爸爸是如何利用一个可怜的流浪儿来完成增加财富的法术的。

　　沙纳的死给蒂珂莎带来了很大的影响，她还清楚地记得他的歌曲。蒂珂莎能看见音乐，这是别人做梦都得不到的天赋。不是在夜晚的舞会上受孕而生的普通人只能听见音乐，但她可以看见音乐，洞穴里的人大大加强了她的这一天赋。她说所有的歌看上去都不一样，甚至不同的人唱着同一首歌，看起来也不一样，这都取决于唱得好坏。她说沙纳的木琴演奏的音乐产生了美妙的图像。

可现在沙纳不在了。

葬礼很盛大，很多人都带着好奇心前来参加，想知道多女爸爸在葬礼上会说些什么。他是以一位监护人和护士的身份讲话的。葬礼上的"护士"并不一定是指在死者生前生病时照顾死者的人，死者最后见到的人，或是知道死者死因的人都可以被称作护士。因为多女爸爸亲眼看见了沙纳的死，所以他自然而然成了护士，并被要求告诉参加葬礼的人事情的经过。

村里的男人们给多女爸爸唱着赞歌，说他的心如金子般闪亮，是其他有钱人的榜样，因为他自愿照顾一个孤儿。

沙纳的棺材被放入挖好的深坑中后，人们开始往坑中填土，神父为这个男孩的灵魂做了短暂的祷告。要让神父来主持这个仪式并不容易，因为神父说沙纳并不是他教会的成员。事实上，沙纳并不做礼拜，多女爸爸也不常做礼拜，但他为漏水的教堂修天花板捐了钱，神父这才答应来做祷告。

整个葬礼过程，蒂珂莎都和其他人保持一定距离，仔细聆听讲话、赞美诗和祷告。她有点焦躁不安，她已经很多年没跳舞了，除了在巴瓦洞穴的时候。洞穴里的人还被封锁在那里面，也会出现在她的梦中，梦里的世界和葬礼所在的真实世界大不一样。她站在那里，新的舞步在她脑海里来来去去，她全身的骨头都在渴望舞蹈，或许跳几步可以缓解一下这份渴望。

突然，她跳了起来，随后开始舞蹈。葬礼就这样被打断了，因为所有人都在看着她。她跳舞的样子好像一个被附身的女人，如八月的狂风。她扬起的尘土呈螺旋形上升到天空，数里之外都可以看到这幅景象，就连遥远的村庄也可以看见这漫天尘土。

这支舞是她献给沙纳的最后一份礼物。然后，她回到自己的屋子，村民们都不由自主地鼓起掌来。

后来，他们发现，她没按照习俗去男孩家用芦荟水洗手，也没有吃葬礼上的牛肉和玉米粥。对别人来讲，不吃葬礼餐是很没有礼貌的行为，但对于她，村民们会说："这个嘛，蒂珂莎就是蒂珂莎，她可以随心所欲，即使违反习俗也不奇怪。这都是因为她是她母亲在那场舞会上怀上的。"

整个春天和夏天她都在与黑暗玩耍。她带着一切回忆，坐在自己的屋子里，关上窗户，和屋子里她自己制造出来的一片黑暗玩耍。她设计出一系列游戏来供自己娱乐。她用羽毛给自己挠痒，电流般的感觉令她战栗，在她的脊椎上跳跃，她的全身都感到欢愉的刺痛。她紧紧闭上眼睛，这样就可以看到黑暗创造出来的星星和圆环。它们色彩缤纷，在她眼前飘浮着。她大笑起来，这是她第一次大笑，她想抓住这些亮晶晶的小东西，但在她触碰到它们之前，黑暗就把这些都收走了。

当她不在房间里和黑暗玩耍时，她就有可能去任何地方跳舞。人们看到她在一些传统舞会上跳舞，占卜师们随着音乐拍打着鼓。在锡安主义者们被圣灵附身、疯狂地打鼓时，她在一旁跳着舞。她也会加入其他舞者，那些舞者随着一个大鼓的节奏唱歌、吹口哨和拍手。她也会和小女孩们一起跳舞，那些女孩的年龄都可以当她孙女了，虽然她看上去并不比她们大多少。她们一起跳着南瓜歌的舞蹈，或者别的传统舞蹈。她也和男人一起跳舞，一起跳着欢快的或优雅的传统舞蹈。她甚至会在晚上聚会时在管风琴和手风琴的伴奏下跳法莫舞。

她就这样跳着，一直跳到了第二年秋天，然后突然把自己关在屋里，只与黑暗一起玩耍和跳舞。她身体里的骨头告诉她，莱迪辛要回来了，而她一点也不想让莱迪辛看到自己，也不想看到莱迪辛。她会待在自己屋里，直到他回到他的莱索托低地。她只能通过与黑暗共舞来缓解自己对舞蹈的渴望。等到他离开，她才会回去参加村里的舞蹈。

三月初，莱迪辛和唐珀洛洛带着孩子来到哈沙曼。学校因为选举而关闭一周。莱索托低地是各个活动的大本营，有超过十四个党派在那里游说拉票。在山区就没这么狂热了，因为只有两个主要党派，国大党和国民党在这里有资源，可以游说别人拉票。

有流言说马塞卢要发生暴乱，说军队选区对于新颁布的民主秩序不是很满意，抱怨政府在他们有机会"大吃一顿"之前就开始偏向民众，这个"大吃一顿"指的是"将国家保险库里的钱抢劫一空"。西方政府威胁军队，如果不将政权移交给选举出来的人民政府，就会停止对他们的援助，这让他们感到很不公平，军队里一些莽夫扬言要破坏选举，甚至发动政变。

莱迪辛在选举期间不想待在任何靠近马塞卢的地方，所以他说服唐珀洛洛在选举周回到山中。她表示同意，因为她很久没回哈沙曼了。她在休了一年的产假之后，到马塞卢一所天主教高中教书。多亏了选举，她才有一周假期，她很高兴可以和父母共度假期。

莱迪辛的离开不仅是为了躲避选举中可能会发生的暴乱，也是为了在与马里布竞争的间隙享受一下应得的假期。莱迪辛赢得了微笑尸体的案子，最后那位情人被判定可以获得一万四千兰特的赔偿金，当然，到她手里的只有一半。马里布感到很耻辱，他是一名合格的律师，有着文学学士学位和法学学士学位，却被一个连法律学校的大门都不知道在哪儿的笨蛋打败。他发誓要以牙还牙，毁掉莱迪辛，并将他永远踩在脚下。

莱迪辛认为这意味着马里布要杀了自己，他必须要正视这个威胁：马里布与军队高官有联系，这还是他替已故的莱布阿总理当顾问时积累来的人脉。莱迪辛希望回到莱索托低地时，马里布的怒火已经平息，这样他才能发挥运动精神继续与马里布竞争。

唐珀洛洛坚持要跟父母待在一起，而莱迪辛应该和自己的母亲待在那间豪宅里。她嘲笑那栋房子是"蝙蝠之家"。莱迪辛倒是很高兴终于可以从她那嫉妒的怒火中解脱出来，缓解一下。

前往山区的前一天，他们去了位于莱索托国家发展中心的集市为假期采购。莱迪辛看到米丝蒂正站在两个日用品货架之间，她看到他和唐珀洛洛两人时非常激动。那时正是她所工作的政府医院的午休时间，她穿着白色的实验室外套，身上没有占卜师的任何标记，只有每个脚踝上的白色珠链。她开玩笑说，自己很享受非洲传统医生和西方医学实验室技术员的双重工作。

莱迪辛很惊讶地发现唐珀洛洛对米丝蒂很冷漠，她们俩以前明明还是好朋友。

米丝蒂离开后，唐珀洛洛冲着莱迪辛吼道："你和她一起笑得那么开心，她都快看得到你的智齿了！"莱迪辛什么都没说，只是继续从货架上拿东西放进手推车。唐珀洛洛更生气了："莱迪辛，我在跟你说话呢！你怎么敢忽略我？你以为我看不到你和那个女巫医之间的猫腻吗？你以为我不知道米丝蒂以前是你的女朋友吗？"路人都停下脚步看着他们，边听边窃笑。"莱迪辛，你知道你最大的问题是什么吗？你最大的问题就是女人！"

莱迪辛满腔怒火和憎恨，恨不得扑过去，掐住她的脖子，直到她在他手中咽下最后一口气。但事实上，他只是推着车继续在过道上走着。

多女爸爸宰杀了一头原本要用来过冬的猪，欢迎女儿和外孙女回家。

远方传来女孩们在迷雾中的歌声。

13. 1994年政变

特鲁珀·莫所伊想，自己也算是一名政治人物。他那些在昏暗肮脏的小酒馆里结识的酒友让他产生莫大的自尊。他曾是一名警察，后来又给律师打过工，所以是这些酒友眼中的政治能人。

此时的小酒馆，甚至全国人民的聊天主题就是莱西三世的声明，他中止宪法并暂停了才执政一年的恩苏·莫克勒的国大党政府，自己选定了一个新的管理委员会，委员会成员都是在此前一年的选举中输给国大党的一些政客。委员会主席，也就是总理，是一名自诩为人权律师的年轻人，曾服过刑。

莫所伊对他的酒友说："各位，这是一场政变。这个人就是想发动政变来对抗绝大多数人民选出来的政府。"

这位酒馆之花说："他的政变不会成功的，我们想让莫克勒恢复职务，国大党去年横扫六十五个选区。现在，这个年轻的国王想扶起已经失去所有选民的国民党，这样他就可以垂帘听政。"

"他为什么要把人民政府推翻呢？"

"他说他瓦解这个政府是因为他注意到这个政府已经失去了民心。"

所有人都觉得这个理由很荒谬，国大党怎么可能在获得大胜利后仅一年就失去民心了呢？他们想知道年轻国王对这所谓失去民心有何措施。"难道投票箱不能说明问题吗？"一个男人问道。

"我认为，年轻的国王只是想把他那些名誉扫地的朋友拉回政府，同时也让他父亲复位。他知道自己有军队的支持。"

确实，就在国大党接管政府的那一天，他们和军事部门发生了冲突。军队不想承认新政府，也不想与之合作。他们内部也起了内讧，分裂成许多小派系，很多成员死亡，包括国大党的一位杰出政治家。于是，他们安排一些内阁成员暂时到南非避难。警察也开始罢工。国大党的支持者们相信，这些都是反对派商量好的，要推翻他们的政府。尽管这样，政府仍紧握权力，直到午轻的国王发动猛烈一击，直接瓦解政府。

莫所伊是那些誓死阻止年轻国王行动得逞的人中的一员，他现在是国大党的热心支持者，并希望他们日后可以帮他恢复交警职位，使他得以继续为尊贵的政府效力。他认为自己虽然在第一次政变期间为国民党效力，但这个党派已经让他失望。在听到国大党赢得选举并获得政权时，他第一次为国大党唱起了赞歌，自此以后，不再回头和国民党扯上关系了。

当他听说第二天会有全国罢工和示威时，他毫不犹豫地劝说酒友参加这一国家大事，他自己则要穿着党旗颜色的衣服去那里支持国大党。

第二天，数千人在京世威道上游行，他们一边挥舞着绿色树枝，一边唱着抗议歌。有的人还挥舞着海报和标语牌，谴责国王的行为，要求恢复立宪。

莫所伊走在示威队伍的最前面，穿着国大党旗帜颜色的衣服，举着标语牌，上面写着："今天是君主制结束之日，莱索托现在已进入共和制。"他跳着示威舞，这是他在电视上经常看到的南非示威者跳的舞。当他以为电视台的摄像机正在拍摄他时，他跳得更起劲了。

示威者离开京世威道，走向通往国王宫殿的路，途中与军队对峙。在没有任何预警的情况之下，凶猛的士兵向群众开火，人们吓得四下逃窜，还有人中弹倒地，血流不止。莫所伊腿部中弹，一跛一跛地逃回京世威道。南非一家电视台的工作人员正在街头采访，记者戴着麦克风采访莫所伊："我看到你在流血，发生什么事了？"

"他们朝我开枪了，那些王八蛋朝我开枪！"

"你看到是谁扣动扳机的吗？"

"我看到了，是一个士兵，我以前在一家酒馆见过他。他还朝我旁边的一个女人开枪，他把那个女人打死了。他们杀了好多百姓，即便是布尔人统治的时候也不会向示威者开枪。但是这些人……他们是我们的同胞啊……居然想置我们于死地。"

当晚，莱迪辛回到家中，发现唐珀洛洛看上去很高兴。唐珀洛洛总是这样，有时充满欢声笑语，会取笑他，开他和宝宝的玩笑。这种时候，家里每个人都很快乐，并希望能永远这样。但现实总是事与愿违，她会突然翻脸，变得冷漠起来，甚至不搭理莱迪辛和保姆。但只要有访客到来，她又会满面堆笑，访客们就永远也忘不掉她是个多么甜美的女人，莱迪辛是何其幸运才娶到这么友好热情的女人。等访客离开，她马上又恢复尖酸愠怒的状态。或许是有些事情让她生气……莱迪辛想，但他永远也不知道是什么事，因为她从不说出来，任由自己心生愤怒。

这一天，唐珀洛洛迎接他回家，并递给他一杯茶，她已经很多年没做过这种事了。这杯茶让他倍感清爽，他很劳累，一天中大多数时候都在建筑工地检查房子的地基。其实他已经雇用了很出色的建筑公司，但他喜欢待在那里，看着工人们按照他写下的计划施工。他已经决定按照原来计划的面积建造，而不像在生意低谷期时考虑的那样缩小面积。这并不是因为生意恢复了，事实上他的生意还在下滑，但他相信击败马里布之后，事情会因为他新建立起来的名声而渐渐好转。

唐珀洛洛和莱迪辛坐在客厅里看南非电视台的新闻，他们都很关注年轻国王的最新进展。这个国王认为他拥有整个国家，人民必须唯他马首是瞻，即便公然违抗民主制，他也在所不惜。所有人都知道，如果你想知道莱索托发生了什么，你不能指望当地电台或是电视台的新闻。莱索托的媒体总是在事情发生两周后才会报道，而且还会受到政治当局的牵制。人们被迫依靠南非媒体和英国广播电视莱索托频道来获取信息。自从国王的手下接管了电台，开始从新管理委员会的角度来播放新闻后，事情变得愈发糟糕了。

南非电视台的报道称，所有西方政府已经终止对莱索托的援助，并将持续到莱索托恢复合法政府的政权。南非的工会运动也发出威胁，如果国大党没有恢复政权，他们就要关闭莱索托和南非的边境，并禁止向莱索托进出口货物。这位国王以及被废除了的总理都被叫到比勒陀利亚，和南非曼德拉总统、博茨瓦纳的马塞尔以及津巴布韦的穆加贝一起开会。这位国王的行为让整个非洲次大陆都发生了震荡。

接着，焦点转向城市里的事件，那里发生了总罢工和示威。开普敦的图图主教乘飞机过去试图调解，这一举动让国大党很是不满，认为他是在偏袒国王。莱迪辛突然大叫："唐珀洛洛，快来看，示威队伍里的那个人不是莫所伊吗？"那确实是莫所伊，他正在奋力跳着示威舞。突然枪声响起，愤怒的莫所伊正在接受采访，对麻木不仁的执法当局发表了看法。他说："这些死者流下的血会永远拷问国王的良心！这就像他对自己扣动了扳机。"

唐珀洛洛大笑起来："我都不知道他现在成了政治活动家了。他还在为你打工吗？"

"我不确定，他有时会来办公室……但只是当他没钱的时候。他需要几兰特去买啤酒。我只是时不时地把他当信差，在当地跑跑。他总是醉醺醺的。"

深夜，唐珀洛洛正在为学生批改练习作业，莱迪辛准备上床睡觉，这时响起了一阵急促的敲门声。莱迪辛打开门，莫所伊汗流浃背地冲了进来，气喘吁吁地求助："老师，您要帮帮我，他们在追我。"

唐珀洛洛出来问道："谁在追你？"

"士兵，我在喝酒的时候，他们闯进酒馆，我逃了出来。"

莱迪辛问："那些士兵会把你怎么样？"

"他们在电视上看到我了。你知道吗？现在外面很乱，又有了早六点到晚六点的宵禁。他们挥着鞭子在抓违反宵禁的人，还对一些人开枪射击。他们听到我说我看到士兵杀死了一个女人，所以现在想杀我。你们一定要把我藏起来，求你们了。"

"不行，你不能藏在这儿，他们知道你在为我打工，会来这里找你的。"

唐珀洛洛在一旁求情："你得帮帮他，莱迪辛。不能让他们就像杀条狗一样杀死他。"

唐珀洛洛能帮忙求情，这太不寻常了。

莱迪辛问："那我们能做什么呢？"

"或许你可以载他去哈沙曼，他可以藏在你母亲家里，直到马塞卢的事态平息下来。"

"这么晚去哈沙曼？不可能！你听到他刚才说的了，现在外面有宵禁。我明天给他一些钱，他自己可以去找地方躲躲。"

"求你了，莱迪辛……求你了。大多数士兵都认识你，并且尊敬你。如果你刚好碰到路障，他们甚至都不会搜查你的车。求你了，莱迪辛……"

她在乞求的时候是如此美丽，如此惹人怜爱。

莱迪辛驾驶着路虎揽胜穿过马塞卢的大街，莫所伊躲在后座，身上盖着麻袋。幸运的是，他在京世威道上碰到的几个士兵都没让他停车接受检查。开出马塞卢后，他把方向盘交给莫所伊。莫所伊开了一整晚的车，第二天中午之前，他们到达哈沙曼。

单身妈妈在莫所伊和黑巧克力的帮助下，铲掉了豪宅里一间卧室的污垢，并把这间房打扫干净，作为莫所伊的卧室。莱迪辛决定在母亲的床上小憩一会儿，补前一晚的觉，但在睡觉之前他还是问了蒂珂莎的状况。

单身妈妈回答说："蒂珂莎还是老样子。她过得很好，但她现在有了新的爱好。听说她现在开始听男人们的忏悔了。"

她说得对，在舞蹈和跟黑暗玩耍之间，蒂珂莎添加了一项新活动。这一切都要从一群不知为何来到她小屋的男人说起。"我经过时看到你家大门敞开。"他们战战兢兢地说。她邀请他们进屋，关上房门。在一片黑暗中，他们开始谈到自己的善恶，坦白自己内心黑暗的秘密。她只是听着，一言不发。但他们离开的时候，感到如释重负。

她的屋子吸引了越来越多的陌生人。

每当有民工从矿井来到村里，他首先会去蒂珂莎的家里忏悔。蒂珂莎听这些男人忏悔一听就是好几个小时，当他们最后走出屋子时，每个人都感到良心上如释重负，但有时也会觉得精疲力竭。有的人步伐沉重缓慢，有的人则健步如飞，说话时也带着心满意足的微笑。

没人来忏悔的时候，她会回到房间继续在那片黑暗中抓那些飘浮在眼前的星星，然后再与黑暗共舞，她紧紧地抓着黑暗，直到乳头因愉悦而坚挺，她也因劳累而喘不过气来。

下午晚些时候，莱迪辛被母亲叫醒："莱迪辛，快醒醒，来客人了！"

那是两个高大的黑人，穿着飘逸的西非长袍。他们的长袍布料很昂贵，就连加比看了也只有垂涎欲滴的份。他们自我介绍说来自尼日利亚，早上去了莱迪辛位于马塞卢的办公室，可被告知他来山区了。他们的生意非常紧急，所以特意搭乘专机来到村子，还建议他一起飞回马塞卢。他们并未透露生意性质，但向他保证这笔生意很赚钱。从他们的长袍来判断，莱迪辛倾向于相信他们，所以他把路虎揽胜停在多女爸爸家的院子里，自己和这两个神秘访客一起飞回了马塞卢。

他们决定在附近的莱索托太阳酒店讨论有关事宜，这两名尼日利亚人在那儿有一间豪华的套房，这间套房通常用来接待国家首脑或是其他高官。

"好了，现在我们可以谈谈了。"那个长着络腮胡、胖胖的尼日利亚人说。

"我们不太相信打草惊蛇那一套。"旁边刮了胡子、高颧骨的另一个人补充道。

"我们被卷入了一场骗局，所以希望你能帮我们，事后你会分到很大一笔钱。"长着络腮胡的人说。

他们说自己来自多伦多，最近在约翰内斯堡开了家公司。在加拿大他们为刮了胡子的那个人投了一份五百万美元的保险，每四个月缴一次保险费。现在到了保险的最后期限，刮了胡子的那个人死期一到，络腮胡子作为保险唯一的受益人，就可以得到五百万美元的保险金。

莱迪辛听得目瞪口呆，问："你的意思是说，你的朋友为了你可以得到保险金而甘心去死？"

两个尼日利亚人大笑起来。刮了胡子的人解释："我当然不会死。这就是我们需要你的原因。我们要一张死亡证明来证明我已经死了，我来莱索托旅游，然后病死了……或者是死于车祸也行。你们的国家就像我们尼日利亚一样，都是以车祸多而闻名的。"

"我们只需要你利用你的关系拿到一张死亡证明。如果是车祸，还需要一份警方报告。车祸听上去更有说服力，而且你也处理过很多这类事故。"

莱迪辛被这两个尼日利亚人的友好和机智吸引了。"在他们面前，我们这种诈骗伎俩就像是周日学校的老师一样，不值一提。"他喃喃自语。

"你在说什么？"络腮胡子问。

"这听上去是个好主意，但对于我和我的事业来讲太过冒险了。我能得到什么好处？"

"五十万美金怎么样？记住，我们在这上面花费了很多，我们付了四个月的高额保险费，还有去南非的飞机费用。我还要作为一名悲痛的亲属飞回加拿大索赔保险金。"

五十万美金！就这么一点小工作就可以得到这么多钱，折合约一百五十万兰特！莱迪辛离开了一会儿：他要打个电话。他走向前台附近的公共电话，打给老朋友巴莱医生。"我需要一张死亡证明，很紧急。一个男人死于车祸，请立刻准备，还要一份警方的事故报告。"

"你自己在警方有关系。"巴莱说。

"没有了，况且临时也找不到人。你当然可以做一份，你那里有那么多报告，只要拿一份出来在受害人一栏加上我顾客的名字就行了。"说着便把刮了胡子的人的名字给了巴莱。

"很紧急吗？你在干一单大生意对吧？听着，我要五千兰特作为预付款，不是酬金，是预付款。"

"好的，只要我明天一早就拿到死亡证明。"

莱迪辛回到那两个朋友那儿，告诉他们明早就可以拿到死亡证明的相关文件。他们点了威士忌举杯庆祝。

莱迪辛好奇地问："你们以前也做过这种事？"

络腮胡子说："我们一直都干这一行，我们投保的人经常'死'在尼日利亚的一些偏远村庄或是其他地方。但现在加拿大保险公司也变聪明了，对于那些'死'在尼日利亚的可疑客户，他们会仔细查阅索赔文件，所以我们决定让一些人'死'在这里。"

他的同伙也说："我们会和你开展更多生意合作，你可以当我们的特别保险顾问，将来还会让一些客户'死'在南非、斯威士兰和博茨瓦纳。我们不需要每次都来，必要时给你发邮件，你寄给我们死亡证明就行了。"

和尼日利亚人分别后，莱迪辛直奔蓝瑟的酒吧喝酒庆祝。他心情很好，所以很大方地给所有的人都买了杯酒。他和文职人员坐在一起开玩笑听闲话，把国王和总理之间的争论看作一个笑话。有的人说邻国的总统要好好管管这个年轻的国王及其军队了。其他人说国大党政府太软弱太优柔寡断，多年的流亡给莫克勒造成了伤害，他已经老弱多病、无法统治政府了，他的党派内也充斥着小集团，明争暗斗。他们中间的悲观主义者说，不论国大党恢复掌权与否，这个国家都已经没希望了。

酒吧十一点打烊之后，一个同伴把醉醺醺的莱迪辛送到家门口。唐珀洛洛嘲笑他："马费滕先生……或者该叫你米丝蒂先生……有人找过你，是尼日利亚人。"

"亲爱的，我亲爱的唐珀洛洛……我们要成为千万富翁了……"他跳着舞走进家门，想拥抱唐珀洛洛，但她躲开了。他摔倒在地板上，倒地不起。唐珀洛洛关上灯，径直走向卧室。

他是被电话铃声吵醒的，有那么一会儿他感到很困惑，因为他没换衣服，正躺在休息室的地板上，但剧烈的头痛提醒他是如何到这儿来的。他看了看手表，已经十点了。家里一个人也没有，显然，唐珀洛洛去学校上班了，保姆也带宝宝去了幼儿园。宝宝肯定想叫醒他，但他能够想象唐珀洛洛制止了她："让他躺在那儿，不要搅乱他的美梦。"

电话恼人的铃声还在响，他接起电话，听筒好似千斤重。他沙哑着嗓子说："你好。"

是他的秘书打来的："莱迪辛先生，有一位白人八点钟就来等您了。她叫海德森，说是保险公司的，需要尽快见到您。"

莱迪辛用冷水洗了把脸，就赶往办公室了。

海德森自称来自保险公司的总部："我来是要处理一位律师马里布的投诉。"

莱迪辛一听就立马进入戒备状态："是吗？他想干吗？"

海德森说："马里布先生刚刚来到我们位于约翰内斯堡的公司，见了我们的经理。他说我们在马塞卢这么多年来都是和一个没有资格处理保险索赔的人合作，并且这个人还非法掠夺客户的保险金。我很遗憾，他说的这个人就是你。你知道和一个没有律师资格的人合作，对我们的客户来说意味着什么。他们的诉求根本到达不了法律会。"

"我得说，我们从未接到过关于你和你跟顾客之间案子的投诉。所以听到你没有资格证的时候，我们确实很惊讶，但调查显示你确实没有最高法院认可的职业资格，也不是法律会的成员。我们会给你一个月的时间来结束你和我们之间的生意。为了不损害客户的利益，在这段时间内我们会对他们进行赔偿。"

海德森说完便离开了。

莱迪辛对女秘书说："姑娘，看来我们要关门大吉了。"

要丢掉这么轻松的工作，女秘书小声呜咽道："老板，你怎么看上去并不怎么烦恼？"

"烦恼？我是个赢家，马里布永远不会击垮我的。我会通过别的方式再挣好几百万。你这个漂亮的小姑娘不用担心工作的事，你还是继续担任我的私人秘书。"

电话响了，是马里布打来的，他幸灾乐祸地说："约瑟夫·莱迪辛保险索赔顾问，你和总部的人谈得怎么样？"

莱迪辛无言以对。

马里布自顾自地继续说："你知道吗，我真后悔几年前没有这样毁掉你。我一直知道你这个自大狂没有从业资格，但我从没想过要去举报你。不过嘛，你知道他们怎么说的吗？他们说晚到总比不到好。"

莱迪辛挂掉了电话。

第二天，莱迪辛搭飞机去哈沙曼拿回自己的路虎揽胜。下飞机时，赫龙一瘸一拐地走过来，问："莱迪辛，你听说多女爸爸家发生的事了吗？"

"没有。发生什么事了？"

"太可怕了！太可怕了！"

"赫龙，发生什么事了？他还好吗？他死了？"

"我建议你亲自去他家看看。"

莱迪辛很害怕，感到很不妙。他狂奔到多女爸爸家中，发现一些人正悲伤地走进屋里，他也跟着他们一起走。多女妈妈坐在门廊上，悲伤地低着头，人们经过她身边时随意跟她打了个招呼就走进房内。多女爸爸坐在凳子上，无数次地向人们讲述事情经过。每当有人来安慰他，他就要重述一次。

"多女妈妈本来是去单身妈妈家参加会议的，你知道她们计划筹集更多资金，所以会开到很晚才结束。"

"然后呢？发生什么事了？"人们鼓动他继续说。

"然后，多女妈妈很晚才从会场上离开，她本可以叫那个现在住在单身妈妈家的男人，也就是我们以前的女婿陪她回家的，但他之前回家时已经醉醺醺的了，说自己要去睡觉了。现在的孩子喝太多酒了，这个年轻人，我们之前的女婿，他们说他之所以在这里，是因为要躲莱索托低地的士兵。我不知道为什么，毕竟他自己以前也是个警察啊……"

听众们很没有耐心地打断他的话："我们才不在乎你的什么女婿，我们想知道多女妈妈怎么了。"

多女爸爸疲惫地说："她离开单身妈妈家的时候还好好的，星星很明亮，预示着这一晚会很平静。"

"然后发生什么事了？"

多女爸爸怒吼道："他们强奸了她！我孩子她妈被强奸了！"

莱迪辛全身的血液愤怒得沸腾，谁会对这么仁慈的老太太做出这么卑鄙的事？他刚刚还看到她坐在外面的门廊上，因羞愧而一动不动，男男女女经过她身边对她视而不见，而对她丈夫表示同情。

多女爸爸痛苦的声音打断了他的思绪："在这个村子里谁会做出这种事啊？我们生活的这个世界对男人太残酷了……"

人们愤怒地离开了："谁会对多女爸爸做出这种事？"一个男人说道："他是这几个地区的重要人物，谁会对他做出这种事？他的慷慨和谦逊远近闻名，他是村里最富有的人，谁会对他做出这种事？"

"哈沙曼已经越来越像莱索托低地的城镇了。日落之后，人们都不敢在外面行走了。"一个女人痛苦地说。

有的人怀疑是黑巧克力干的，但其他人说不可能。他的味道，还有他那似乎连晚上都不睡觉的苍蝇，远远地就能让人们认出是他了。

莱迪辛没顾得上放牛，也没去敲蒂珂莎的门，而是直接开车回莱索托低地。

14. 审 判

多女爸爸坐在旁听席上仔细地听着审判，坐在他旁边的是唐珀洛洛。他本想制止她来，劝道："你可能会听到少儿不宜的内容。"

她回答说："爸，我不是孩子了，我已经是个女人。"

莱迪辛也来了，还有赫龙、单身妈妈以及其他几个哈沙曼的人，他们都想亲耳听听地方法官会如何判决这个侵犯了多女妈妈的男人。他们骑马来到地方法院，法院位于被村民们称作"大本营"的地方总部，有的人还是搭乘卡车或是莱迪辛的车来的。

多女妈妈坐在原告席上，她的证词很简单，公诉人问了她一些关于那晚她被强奸的问题，她很镇静地一一作答。但她不明白地方法官为什么那么问，那些问题听上去像是在强调她被强奸的时候已经喝醉了。她一直说自己没醉，那晚跟以前开会的时候一样，她们都只喝了一点点酒，但她并没有醉。不论怎样，她认为她喝没喝醉并不重要，重要的是她被别人侵犯了。

地方法官转向被告："莫所伊，你有什么要问原告吗？"

莫所伊，这位前任交警和女婿，否认了自己的罪行。"这位老太太并没认出我，她说得很清楚，她无法指认强奸犯，因为强奸犯的脸被一顶帽子遮住了。"

第二位证人是一名年轻的外来工。他说:"我在案发当晚和莫所伊一起喝酒,我们在酒馆之间流连忘返,想找妓女寻欢作乐。莫所伊一直跟我说多女妈妈很吸引他。'要是我能和她睡一觉,醒不过来我也愿意。'他是那样说的。当然,我本来以为他是开玩笑。我实在想象不出来,像他那样帅气的年轻小伙怎么会迷上一个年龄大到足以当他母亲的女人。"

"我第二天听说多女妈妈被强奸后,便当面问莫所伊是不是他干的。起初他说他什么也不知道,但几杯酒下肚后,他就什么都招了,吹嘘说:'是的,就是我做的。既然我得不到唐珀洛洛,那我就只能找她母亲了。'"

这名外来工把事情上报给沙曼首领,莫所伊很快就被村民们抓起来,他们把他像畜生一样赶在马前,鞭子挥在他身上,把他打得皮开肉绽,他尖叫着哭爹喊娘跪地求饶。

莫所伊坚持自我辩护,否认一切罪行。他声称:"当多女妈妈被侵犯的时候,我睡得正沉呢。"但在公诉人咄咄逼人的盘问之下,他终于被击溃,承认了自己就是罪犯。他说这都怪他喝得太醉,并祈求法庭原谅。

瘦长脸的地方法官在听完证词后开始判决:"被告犯下强奸罪,这是一项很可怕的罪行。"他严肃地说,随即又对着原告席,也就是多女妈妈所坐的位置,仁慈地说:"但这位受害人也应该感到受宠若惊吧,毕竟她这一把年纪了还能成为一个年轻帅小伙的目标。"

多女妈妈很愤慨,大喊:"我被他侵犯了,而法庭却根本不在乎!"

地方法官沉下脸："原告在席上大喊大叫，这是在藐视法庭。这次我就不计较了。这个法庭只是在努力做表率，但原告显然一点幽默感都没有。"

"就像我之前提到的，强奸是重罪，但在考虑量刑时，有些因素值得商榷。受害者是一位经验丰富的妇女，她在被强奸的时候已经不是处女了，所以她并没受到严重的伤害。她还在案发时喝醉了，我们都知道醉酒的女人有时会勾引人。因此我宣判被告有期徒刑三个月，缓期两年执行。"

哈沙曼的人们都聚集在法庭外讨论宣判结果。多女妈妈对莱迪辛恸哭："孩子，你是个律师，你来告诉我，难道我就没有权利喝酒吗？我的丈夫多女爸爸有因为我喝酒抱怨过我吗？这里有法律规定我不能喝酒吗？"

"那个地方法官根本不知道自己在说什么。"莱迪辛除了安慰她之外也不知道能做什么。

所有人都认为莫所伊被判死刑都不过分，特别是因为他强奸的是自己的岳母。根据习俗，连碰一下岳母都是禁忌。你连和她握手都不应该，而莫所伊的所作所为闻所未闻。至少应该让他在监狱里待两年，两年牢狱总比什么都没有要强。

"什么两年？"莱迪辛感到莫名其妙。

"我们都听到法官判处他坐两年牢了。"多女爸爸说话的语气里透着一点权威感。

"父亲，您没听明白，莫所伊是自由的。这个判决的意思是他会被释放，但接下来两年他不准再犯类似罪行，否则他就会坐三个月的牢。"

大家都对莱迪辛的解释嗤之以鼻，说他或许是个律师，但这次他大概都不知道自己在说什么。没有哪个男人可以在强奸了别人的妻子后还被释放了的。

但他们的嘲笑声在看到莫所伊漫步经过他们身边时都停在了嘴边。他们目送着他走出大门，他真的被释放了，就像黑河里的流水那样自由。

哈沙曼的人们一言不发地离开了。

多女爸爸很迷茫："这都是你的错，单身妈妈的孩子，是你把这个恶魔带到我们这里来的。"

莱迪辛什么也没说，心想这种指责对他太不公平了，因为这个恶魔曾是多女爸爸自己的女婿，但他能理解这个老人的痛苦。

赫龙小声说："或许你那个女婿有更强大的巫药呢。"

莱迪辛很高兴能这么早休庭，因为他计划去看看他的房子的建造进度，但首先要去银行给承包商转一笔钱。地基已经快完成了，承包商需要一些钱来修墙。

在银行迎接他的是个噩耗，柜台处一个女职员说："先生，对不起。你这个账户里没有钱了。"

他大笑起来，说："你一定是弄错了，你可能输错了账号。"他告诉了她自己的流通账户和存款账户。

女职员再次在电脑上输入账户号码："这两个账户都是空的。"

莱迪辛咆哮起来："我要见你们经理，现在！"

经理查阅了他的记录，说："这些资金已经在您的指示下转到瑞士了。"

"什么指示？我从没给过这种指示！"

经理给莱迪辛看了文件，里面有批准转账的信件，信件上有莱迪辛的信头还有他的签名，这签名确实是他的笔迹。信件里莱迪辛要求经理把所有资金转到他在瑞士的账户里，用于购买农场灌溉设备，他打算在哈沙曼使用这些设备。信件还要求经理获得莱索托中央银行对其紧急转账的批准，并附有灌溉设备的发票。经理说："您也看到了，我只是照吩咐做事。"

莱迪辛心凉了半截："我那些尼日利亚的朋友……"他记得他们问过他账户号码，这样等他们拿到保险骗局的保险金后，就可以直接把钱转到他的账户里。他们还找他要了他的一个信头和签名样本，说这是他们合伙做大生意的必要条件，于是他在信头上签了名便递给了他们。

莱迪辛崩溃了，不住地问自己，他们怎么可以这样无情？他们抢了他在保险骗局里的抽成，还偷走了他所有的钱。那两个账户里有将近一百万兰特，他们拿走了他几乎所有的钱。

晚上，唐珀洛洛的情绪很敌对，她踢开了面前的所有东西，并把母亲的遭遇都怪在莱迪辛身上。她尖叫着："是你把那个男人带到哈沙曼强奸我母亲的！"

"是你对我说应该带他去那里的，唐珀洛洛。"莱迪辛无力地回答。

他已经筋疲力尽，他满脑子都是他自己的问题。地基工程已经结束了，如何结清款项呢？或许要卖掉他的路虎揽胜了。不行，他需要那辆车来讨生活；或许要卖掉那辆奔驰了。那大房子的地基怎么办？应该去报警吗？别人怎么帮助他呢？他要怎么解释自己被卷入了这场针对加拿大保险公司的骗局呢？或许他应该留心保险公司，至少可以查到那两个尼日利亚人。但他怎么知道到底是哪家保险公司呢？加拿大的保险公司有好几千家。

"你撒谎！你撒谎！我没叫你带那个男人去强奸我母亲！"唐珀洛洛冲着他的耳朵喊，那尖锐的声音穿透他的耳膜，奇怪的是，这听上去好像是从很远的地方传来的，好像是在做梦。回声一遍又一遍，直到最终声音消散。但唐珀洛洛明明就站在他身边，嘴巴一张一合，正唾沫横飞地怒吼着。他什么也听不到，只看到她的嘴巴在动，双眼鼓出。

最后，他终于听清楚了，他恳求道："求你了，唐珀洛洛，不要吼我了。我已经失去所有的钱了，那两个尼日利亚人把钱全都偷走了。"

他告诉了她事情的始末。

"你怎么可以和尼日利亚人搅和在一起？"她不敢相信，"你明明知道他们都是骗子。"

他确实因为那两个尼日利亚人抢走了他所有的钱而痛苦，但不赞同唐珀洛洛把一个国家的人都划为一类。他们在一起的欢乐时光中，他们也经常讨论偏见的问题以及把一个人概念化的危害。于是他跟她讲道理。

她冷笑道："他们偷走了你所有的钱，你却在维护他们，这就是慷慨吗？愚蠢的慷慨！你知道他们都是毒贩。"

莱迪辛说："是的，沃莱·索因卡和齐诺瓦·阿契比[1]从事

---

[1] 沃莱·索因卡和齐诺瓦·阿契比，两位著名的美籍尼日利亚作家。——译注

不法勾当，布琪·埃梅切塔和苔丝·翁乌梅①这么漂亮的人也是毒品女王！"

"随你怎么开玩笑，但是你知道全球机场每天都有尼日利亚人因为贩毒而被捕。有多少南非选美小姐和模特被关在泰国的监狱里，就因为她们帮尼日利亚男朋友运毒。昨晚新闻里还说，豪登省首富塞克斯维尔在抱怨尼日利亚毒品巨头，这些人让他的省……"

"这就说明每个尼日利亚人都是毒贩吗？"

"当然不是每个尼日利亚人都是毒贩。但把这种犯罪当作事业的，全球最坏的罪犯正是那些尼日利亚人。他们犯罪手段很高明，上周的《新闻六十分》还讲述了一个尼日利亚人仅凭一部电话和一台电脑，就在一个地下室操作价值千万美元的股票。这事情就发生在纽约……还是康涅狄格州来着？"

她从一个折磨者迅速转变成一个为文明辩论的好手。这就是唐珀洛洛，上一秒还在大喊大叫，下一秒就马上条理清晰地讨论事件。她尖叫的时候像是被捕获等着被杀的小鸟，随即又像小猫一样惹人怜爱。但问题是没人知道她将在什么时候处于什么心情。

她问："那你接下来要做什么？"

"我不知道，但我是个斗士，我不会轻言放弃的。"

他很惊讶自己可以这么冷静，他现在本应该是个狂笑的疯子。失去一百万完全可以让任何一个男人疯掉，他希望这不是暴风雨之前的平静。

---

① 布琪·埃梅切塔是美籍尼日利亚小说家，苔丝·翁乌梅是尼日利亚剧作家、诗人。——译注

第二天他待在家里，大部分时间都在床上，思考下一步要怎么办。此时正值十二月，他马上就要给秘书付薪水了，还有办公室的房租。薪水是当务之急，如何才能筹到钱呢？

唐珀洛洛做晚饭时，他坐在厨房里。在照看锅里的食物以免煮糊时，她还要给正在地板上玩耍的宝宝喂吃的。母女俩一同大笑，在椅子周围相互追逐。莱迪辛则在钱的问题上思考着。

突然，厨房里烟雾弥漫，她冲向炉灶，把锅从上面拿了下来，但已经太迟了，食物都烧焦了。她踢了孩子一脚："这都是你的错，食物都烧焦了！我忙碌的时候，这里没有一个人愿意喂你吃东西！"

这是唐珀洛洛的另一个问题，她做饭常常会烧焦，然后会对所有人发脾气。大多数时候莱迪辛情愿自己做饭吃。

莱迪辛从地板上抱起尖叫的宝宝："你这样会踢死孩子的。"

"把孩子还给我，你这个没用的东西！"

他们相互争夺着孩子，直到唐珀洛洛在莱迪辛脸颊上咬了一口，他痛得只好放手。她把自己和宝宝锁在卧室，那一晚，莱迪辛睡在客房里。

第二天早上，唐珀洛洛装好行李箱要离开："我要回到哈沙曼，和我那被强奸的父母还有缺乏父爱的孩子过圣诞。新年的时候再回来见你。圣诞快乐。"

他提出要送她去机场，她道谢之后说她已经叫了出租车了。她就这么走了。

他独自一人，终于自由了——至少这个自由可以维持到新年。

他走进卧室，唐珀洛洛的填充玩具还在老位置。他好讨厌这些松软的泰迪熊，觉得这些都好让人尴尬，尤其是当唐珀洛洛坐在他的车后座，抱着一个大泰迪熊，想乘车逛遍整个小镇的时候。她总喜欢随身带着她的娃娃。他记得在连锁商店里，正是因为泰迪熊，他第一次被她吸引，可现在也是这玩意儿让他最终讨厌起她来。这不是很奇怪吗？

就像她的笑声，他也觉得很让人恼火。起初他认为她那低沉的声音很性感，但现在他只觉得讨厌。她听上去就像是个想学女人说话的男人。那天在连锁商店，她的笑容很有魅力，并且举止十分高贵，这让他立刻就爱上了她。但现在那种笑容变成了冷笑，她的举止也变得粗鲁不堪。

莱迪辛打开衣橱，寻找那套特价商店买的西服。这套衣服已经保留了二十多年，他有一段时间没见到它了，或许这就是他倒霉的原因，他需要触碰它一下来转运。

那套西服不在衣橱里，他找遍了所有地方都没找到。他开始疯狂起来，走向房子后面的仆人房间要找保姆，或许她知道那套西服在哪里。她回答说："噢，那套旧西服啊。唐珀洛洛说那套西服已经过时没用了，把它撕成条状做抹布了，这是其中一些布料。"

莱迪辛绝望了，他暗暗思考这一切还能不能回到正轨上了。

他决定去福罗里达大街上散散步，呼吸一下新鲜空气。他在街上看到一些漂亮女人，她们看上去真甜美啊，或许他可以前去发展一下友谊，或许这段友谊可以转变成恋情。但是他突然陷入恐慌，如果她们美丽的外表下潜伏着一个唐珀洛洛该怎么办？

为什么这些女人如此奇怪地一边盯着他，一边掩嘴偷笑呢？难道他裤子的拉链没拉上？他惊讶地发现自己穿着睡衣就出门了，赶紧逃回家。

他离开的时候听到人们在谈论他，一个女人靠着栅栏说："这都是因为唐珀洛洛离开他了。男人都一无是处，女人才离开一天，他就连衣服都不能自己穿了。"

在栅栏那边，那个女人的邻居也附和道："唐珀洛洛注定早晚有一天要离开他的。她是那么甜美善良的女人，看看这个男人，他们关系破裂都是他的错。男人总要等好女人离开了才知道珍惜。"

莱迪辛很想去告诉她们真相，但那只会让她们更觉得他疯了，所以他只能小声地自言自语："我们生活在一个女人不会犯错的年代。一段关系变糟了的时候，人们都自发站在女方那边，她才是无辜的那一方。这都是妇女们受到几个世纪的压迫的回报，女人永远都是完美的。"

他咯咯地笑起来，想起以前在马费滕唐珀洛洛打莫所伊的时候，哈罗默克勒的妇女们都说他活该，因为男人已经虐待女人好几个世纪了。

平静的三天过去了，只有秘书讨工资的电话打破沉寂："没有钱我怎么度过圣诞节？"

他恳求道："耐心点，我正在想办法。"

"但还有四天就到圣诞节了。"

"我说了，我遇到了一些麻烦，现在正想办法卖掉我的奔驰。我会给你所有的钱……还有奖金。请再等等。"

他听到秘书在小声啜泣，于是挂了电话。

第二天多女爸爸意外来访，莱迪辛知道有不好的事情发生了。一个住在山里的男人，居然在圣诞节前离开家，来拜访名声败坏、虚伪的女婿，这太不寻常了。

"孩子，你的头发突然之间全都灰白了，脸颊上还有牙印。"多女爸爸观察得很细。

"这都是因为我太关心世界大事了，唐珀洛洛和宝宝怎么样？"

"很好，宝宝过得很好。政府这段时间怎么样？"

"很平静。年轻国王反抗政府的行动只坚持了两三个星期。世界——尤其是三个邻国的总统都劝他恢复莫克勒的政府。"

"是的，我知道，这些已经不是新闻了。"

"作为回报，莫克勒答应考虑让老国王莫修修二世归位。所以我们现在就等着看接下来会怎么发展。但您不是来跟我谈论政府问题的，是吗？发生什么事了，父亲？"

"我们需要你立刻回村子。你是个律师，你知道该怎么办。"

"到底怎么了？"

"唐珀洛洛、单身妈妈还有多女妈妈都被关在大本营的监狱里。"

莱迪辛从这个老人口中知道了事情的大概经过。莫所伊回到哈沙曼，打算为自己的恶行向多女爸爸道歉，但多女爸爸当时不在家。不幸的是那三个女人正坐在门廊给桃子剥皮做罐头。她们一看到他就向他猛扑去，挥舞着用来剥皮的小刀。他尖叫着求饶，并说他很抱歉，他是来道歉并尽可能地做出补偿的。但那三个女人没有心情听他的乞求。唐珀洛洛提议："让我们把他惹祸的那个部位割掉吧。"但另外两个女人退缩了，她们把他打到失去意识，还刺了他几刀。

多女爸爸说："他现在在大本营的医院里，他们想把他转到马塞卢的大医院，他们说可能救不活他了。"

"让我们祈祷他不会死吧。要不然那几个女人就要为此付出代价了，她们会被控谋杀，那可是死罪。"

多女爸爸听不懂莱迪辛在说什么，因为他说的都是英语。

"我的孩子怎么样了？"莱迪辛问道。

"她很好，我的一个女儿正照顾着她。"

当晚，他们驶向了哈沙曼。

15. 马瓦纳蚁和玛丽饼干

村里有人种植印度大麻，大麻在中间，周围种着玉米，这样警察就发现不了。印度大麻的种植专家甚至可以让它隐秘到连警用直升机的锐利双眼都发现不了。飞机常常在田野上空盘旋，搜寻非法作物的时候只能看到玉米。

村民们在半夜收割大麻，然后装进黄麻袋，用驴驮着麻袋，前往事先约好的地点。莱索托低地的商人们会等在那里，给每袋大麻开上好价钱，然后再把它们卖给开普敦一带开豪车的经销商。

有时候骑警会来村里搜寻偷牛贼和偷马贼，如果你的邻居对你怀恨在心，他会偷偷告诉警察，说你家田里种着大麻。这时就要看这警察是什么人了。他有可能会向你索贿，然后放任不管。但有时候碰上正直的警察，他会烧掉整块田里的大麻。微风时不时地把烟雾吹向村庄，每个人都有可能吸入烟雾，然后如石头般定住，愣在那里。

敬业的正直警察在上帝生日这一天也不休息。这一天，碰巧也是圣诞节。

莱迪辛顶着蓬乱的头发到了哈沙曼，留下多女爸爸一个人孤苦伶仃地坐在大本营的监狱外。多女爸爸已经在那儿坐了三天，希望监狱的头儿心生怜悯，放这几个女人回家过圣诞节。莱迪辛带他去找律师，但他们都说元旦之前不能保释，因为所有地方法官都放假了。

前两天，莱迪辛和这个老人坐在一起，主要是因为他想不出更好的办法了。他坐在那里思考未来时，突然想到保险公司给了他一个月的缓期来结束业务。他有几乎一个月的时间，可以提出至少一笔……或许更多笔赔偿。这样他就有钱做小生意了，或许在哈沙曼开一家咖啡馆，甚至是一家杂货铺，这要看他能从赔偿里拿多少钱。

他决定，无论如何都要回到莱索托低地，介入至少一起大型事故，即使为此需要贿赂或者卑躬屈膝也在所不惜。他一句话没对多女爸爸说便起身离开了。

多女爸爸仍坐在监狱外，发誓要一直待在那里，直到他们把那三个女人放出来。

当莱迪辛再回到哈沙曼的时候，人们都坐在屋外，咯咯大笑。老奶奶和老爷爷们也放声大笑，就连小孩子也在大笑。每个人都笑到肋骨痛，甚至喘不过气来。

莱迪辛问："你们在笑什么？"

他们没有回答他，而是又爆发出一阵笑声。他很生气，他以为大家都是在取笑他的不幸。他从未想到，这里的人已经憎恨他到了如此深的地步。这都是因为他曾经伤害过老太太们吗？他默默走开，头有些晕。

笑过之后，村民们感到很饥饿，吃了一锅又一锅的食物，然后就在原地打起瞌睡来。

蒂珂莎正坐在屋里与黑暗玩耍，门窗都关得很严实，所以大麻的烟雾并没有影响到她。她是村里唯一清醒的——除了在烟雾已经消散之后赶来的莱迪辛。

在圣诞节早晨，蒂珂莎的住处被用来听忏悔。这是忏悔的人最多的时候，因为在矿井工作的人都放假回家了，有的人来自莱索托低地的镇上，他们很渴望忏悔，因此在回去见妻儿之前，都去了蒂珂莎的屋子。

也有陌生人来忏悔，比如给玛丽护士运送食物的卡车司机，或者是驾驶工程车和政府用车的司机。晚上，他们几乎占满了她的服务时间，而蒂珂莎更喜欢听他们说。因为他们的忏悔带着些远方奇妙的异域内容，他们甚至忏悔一整晚，而当地人只忏悔几个小时，便神清气爽地回家了。

黑巧克力也吸入了烟雾，并在蒂珂莎的门廊上打盹儿。他的苍蝇也静止了，并在他仰卧的身上稍低一点的位置小憩。莱迪辛跨过他的身体，敲了敲她的房门。

蒂珂莎知道那是谁，所以忽略了敲门声。出于祖先庇佑的缘故，她全身的骨头都能预知会有不好的事情将降临到她头上。

"开门，蒂珂莎！我已经厌烦了你的那些胡说八道了。"

但她没有回应，而是紧紧拥抱着黑暗，希望夜色可以保护她。

"蒂珂莎，外面的情况很糟糕！我们的母亲进监狱了！开门，我遇到麻烦了，蒂珂莎！我要跟你谈谈！"

门还是没有开。

莱迪辛不断地踢门撞门，门裂开了一条缝后，他跌进房里，摔在地上。当光亮照进房间，蒂珂莎害怕地躲开，她像树叶似的全身颤抖，声音也是颤抖的："你想要干吗，莱迪辛？"

"这么多年没见，你就是这样跟我打招呼的？"

他站起身来看着她。

"你一点也没有变老，蒂珂莎，而且还穿着这条我送你的红裙子。"他气喘吁吁地说。

"我告诉过你我会永远穿着它。"

"我要带你一起离开。"

"带我去哪儿？求你了，莱迪辛，不要管我。我不能离开这里，我有工作要做。"

"你必须跟我走，蒂珂莎。我已经受够了你的胡言乱语了，不在乎你会不会大哭，我要带着你一起走。"

她只能重复说："求你了，莱迪辛……求你了……"但当她看到他心意已决时，便乞求他，至少让自己拿上沙纳的木琴。

"你都不会弹奏这个鬼东西！"莱迪辛大吼。

她紧握着木琴，好像它可以保护她似的。

在他强迫她登上路虎揽胜的时候，村民们还在打瞌睡。没有人注意到他带着她走了。

蒂珂莎全程都很安静，只有手指在敲打洞穴人送给她的那条蛋壳珠链。他在路边的咖啡馆给她买了一点儿食物，可她拒绝进食。次日，他们到达了马塞卢。

莱迪辛整个假期都在找寻事故，而蒂珂莎一直在他身边。她一语不发，也不对马塞卢的奇妙都市景象做任何评论，虽然她以前从没到过城市。她似乎看不到周围的这些东西，除了手中紧握着的那把木琴，她什么也不在乎。

他在餐馆就餐，买鱼和薯条，或者一杯咖啡，这样就可以向服务员打听她们是否听说过什么事故发生。有一次他穿过福罗里达的一条公路，停在哈忽罗的一家加油站。每天卖给他汽油的那个服务员跟他友好地搭讪，问他："你和你的女儿……或孙女要去哪里？"

莱迪辛看着后视镜中的自己，他已经大变样了，变得都认不出来这是他了。他面容憔悴，看上去像是一个受到重创的老人，头发全白，看上去好像营养不良的老人，头发紧贴着头皮。他坚持烫直头发，虽然这早就不流行了。

和以前一样，圣诞节期间车祸激增。巴士、出租车、小轿车、卡车……全都被卷入自毁的混乱之中。很多人都死于事故，因为死了太多人，莱迪辛知道他的对手们，现在这些对手只限于合法的法律公司，他们会关注马塞卢附近和莱索托低地其他城镇的死者，那里更容易赚钱。对他们来说，参与诸如古廷区或是卡查区那么远的事故，是非常愚蠢的，因为马塞卢和附近地区的死者已经够多了。他决定开车去古廷区，运气好的话，他可以在那里找到几个还没有索赔的客户。

在通往古廷区的路上，他停车时听说，在平安夜，森可河上的西卡大桥发生了一起大事故。森可河将那一片划分成莫哈勒胡克和古廷两个地区，莱迪辛立即驱车前往。

一些孩子在桥下的河水中玩耍，他们告诉他，事故中有一名死者来自卡坦哈诺哈那。那个地区在莫哈勒胡克区的深山里，莱迪辛心想，很有可能还没有律师去那里，他们都留在莱索托低地，忙着赚那些好赚的钱呢。他开车前往卡坦哈诺哈那，一路上，他一直在重复："蒂珂莎，我做这些全都是为了我们，我做这些全都是为了我们。"但是蒂珂莎并没有做出回应，只是将木琴握得更紧了。

他们很晚才到达这个村子，很容易就找到了死者家。因为这户人家的院子里有一顶大帐篷，人们都前来守夜。他们在帐篷里唱着赞歌，跳着舞蹈。每次都有一位集会成员站起来，念着《圣经》里的一段话作为祷告，或者是讲述死者生前的善举。

莱迪辛说："这里就像你的家，蒂珂莎，人们都在跳舞。"

但蒂珂莎不跳舞，她躲在角落里。莱迪辛加入了集会，重重拍打着他的《圣经》。这本《圣经》是他放在车里专门应付这种情况的。在几个人布道结束也唱完赞歌后，他走上台去。

"哈利路亚！"他大声叫着。

集会上的人们回应道："阿门！"

他重复喊了"哈利路亚"三四次后，说道："兄弟姐妹们，父亲母亲们，让我们向上帝祷告，乞求他的宽恕……阿门！哈利路亚！……在这个守夜集会上，我们聚在这里，来哀悼我们突然离世的兄弟。但我们聚在这里也是为了歌颂上帝。阿门！"

"我们的兄弟不幸离开了。他原本乘坐一辆出租车来探望家人，他来自矿井，在那里努力工作，从土地里面挖黄金。阿门！"

有人小声嘀咕说，他们死去的兄弟从没有在黄金矿井里工作，而是在纳塔尔的煤矿里。莱迪辛继续讲着：

"突然，出租车撞上了另一辆车，很不幸，我们的兄弟就是事故中的一名死者。阿门。"

又有好事者小声说，出租车并没有撞上别的车，而是撞上了大桥的铁栏杆，然后掉进了河里。

"我想对这个家庭的孩子们说：节哀顺变。通向上帝的路都是美妙富庶的。不要哭泣，我们的兄弟正走向造物主。阿门！哈利路亚！上帝想要他在身边。他利用自己无限的智慧，只借出租车司机的手就带走了我们的兄弟，这样我们的兄弟就可以站在上帝右手边了。"

他从口袋中拿出了第三方协议，向大家挥舞着。

"但是兄弟姐妹们，上帝是仁慈慷慨的，他没忘记那些还留在世间的人 —— 那个寡妇和我们死去的兄弟的孩子们。他通过第三方协议来满足他们的需要。阿门！这就是我在这里的原因。兄弟姐妹们，我来这里是为了看到这家人能很好地受到照顾，看到他们的要求得到满足。我就是伟大的上帝用来减轻你们痛苦的手。阿门！哈利路亚！"

然后他唱起了赞歌"和平，完美的和平"，整个集会的人都加入了他，并围着他一边跳舞一边拍打着他们的《圣经》。人们整晚都在唱歌、跳舞和祷告。

早上，莱迪辛被带到用于悼念的房间跟死者的妻子谈话。他叫蒂珂莎一起去，但是她带着木琴留在外面。人们好奇地望着她，不知道木琴为什么会出现在葬礼上。而且，他们从没听说过有女孩会演奏木琴。

那位遗孀正坐在屋里的一张床垫上，屋里什么家具也没有。她肩上披着一条披巾，脸庞被黑色头巾遮着。她周围有四个胖女人，都坐在草垫子上。她们都是陪着她哀悼的亲戚。

"我是为这个家所遭遇的不幸而来的，夫人。"莱迪辛说着。那位遗孀并不回应，因此他继续说："我从马塞卢一路赶来，就是为了帮您。"

"怎么帮，先生？"一个女人开口。

"您的丈夫死于一场车祸，我的工作就是了解这些事。在上帝带走他们的挚爱时，我帮受害者家属从第三方保险中得到赔偿。"

另一个女人问道："你怎么帮他们？"

"我会给他们看如何索赔，以及可以获赔多少。通常都是几千兰特。您瞧，我有表格，您需要做的就是在这里签字，剩下的交给我就行了。只用在表格上签名。如果您不知道怎么写，也可以按上手指印。我免费为您做好所有的工作。"

遗孀终于开口了。她不是对莱迪辛，而是对其中一个女人说话："问问他，为什么一个陌生人想帮我们，却不收一分钱？"

莱迪辛插嘴说："因为我是一个乐善好施的人，而且我信《圣经》。要不然我大老远从马塞卢跑来，晚上穿过那些危险的山路又是为什么呢？《圣经》说……"

"别管《圣经》说什么。"遗孀打断他的话。

"好吧，那我们来谈谈表格的事。"

遗孀平静地说："我们正在这里哀悼，先生，我们不想谈论任何关于表格的事。"

莱迪辛开始绝望了："我理解，但是签署表格对你们也很重要。"

"这对你很重要，不是对我。我不会签署任何表格，从保险公司索赔保险金违背了我的宗教信仰。"

"这太荒谬了！我从没听说过还有这种宗教信仰。"莱迪辛咆哮道，他似乎看到他在哈沙曼开杂货铺的梦想破灭了。

"你现在必须离开。"一个胖女人冷冷地说。

但莱迪辛变得歇斯底里起来："你签表格之前我哪儿都不会去的！你以为我浪费了那么多时间和汽油来到这里，会就这样空手而归吗？"

一个男人走来，把莱迪辛拖了出去，莱迪辛踢着腿，疯狂挣扎。那个男人抓住他的手脚，说："你不尊重这个悼念室。算你运气好，这家有人去世，我不好对你动手。要不然我一定会用我的圆头棒敲碎你的头盖骨。"

莱迪辛站起来寻找蒂珂莎。她正蜷伏在悼念室旁边的门口。他把她拉起来，把她带到这户人家后面的山上。他一直在尖叫。"那个见鬼的寡妇在撒谎。她怎么能这么对我？她怎么可以这样？"

"你要带我去哪儿？"蒂珂莎问。

他们爬到山顶，莱迪辛看到人们在山下的悼念室进进出出。他的路虎揽胜正停在这户人家旁边的路上，这条路好像永远没有尽头似的。他们坐在灌木丛边的石头上，就连红色马瓦纳蚁从洞穴里涌出，细咬他们的双腿，他们也不愿意挪动。

他们坐在这毫无人烟的地方，黑暗降临，云也跟着聚集起来。

"我想回家，莱迪辛。"蒂珂莎抱怨说。

"家？"莱迪辛歇斯底里地大笑，"你知道家离这里有多远吗？你能像小鸟一样飞回去吗？"

"带我回去，求你了。我要去听忏悔。"

"你从来没想过我也许也要忏悔吗？"

蒂珂莎警惕起来，呜咽着说："不行，你不能向我忏悔，你是我哥哥，我们是从同一个子宫孕育出来的。"

"如果我是你哥哥，为什么你二十多年来都不愿意见我？"他说着，尽可能显得恶毒，"不，你不是我妹妹，你只是碰巧来到我母亲的子宫。你是那晚舞会的孩子！"

说完，他们沉默了好几个小时，直到黎明来临。破晓时分，村民们开始在屋外生火，准备为那些要下田耕地的人做饭。村里是没有假期的，即便是假期，农作物也同样需要照料，这就像人死了就一定需要埋葬一样。

奇奇木的烟雾向山顶飘荡，渐渐地来到莱迪辛所在的位置。他想起了外祖母，想起小时候，清晨时分，他总能闻到奇奇木的烟雾缭绕在外祖母的裙子上。他知道当他睡在地板上时，她总在一旁走来走去，可能是从墙上的架子上拿搪瓷盘子。他会慢慢睁开眼，看着他脑袋旁边她那双皴裂的脚。他目光上移，看到了她那脱下的法兰绒衬裙，害怕自己会变瞎。

"你还记得外祖母吗？"莱迪辛问道，听起来在怀旧。

"我没有杀她！"蒂珂莎紧握着木琴，好像那是一只泰迪熊或是一张安全毯。

莱迪辛大笑起来，雷声也附和着他的笑声。

"莱迪辛，我们会怎么样？"

"我不知道，也许我们会永远坐在这里，直到马瓦纳蚁把我们吃掉。"

天下起了雨，无情的大雨将他们从外到里淋了个透。莱迪辛在想，远处的山区大本营是否也在下雨，多女爸爸是否也像他这样，在雨中孤独地坐在监狱外。是的，或许那里也在下雨……

　　正值慵懒的夏日。马赛琳娜祖母和黑巧克力也变得和天气一样慵懒起来。她决定他们一起喝茶，因为热饮可以让身体凉下来。他们会用新杯子喝茶，还要吃圣诞节留下来的玛丽饼干。

　　她把黑巧克力叫进屋子，向他展示了她的珍藏，其中最珍贵的是耕田的犁，这是她儿子多女爸爸为她买的，很多年前，他还在矿井工作的时候。那时他还没结婚，也还没成为多女爸爸。这把犁看上去还是新的，因为从来没被用过，她不想让它变陈旧。她这辈子都是在凑合着用锄头耕地，这对于土地来说就像是挠痒痒。

　　她很自豪地向他展示自己的陶器。这是她还是个姑娘时买的，那时候多女爸爸还只是个看牛的小男孩。这陶器被收进一个木箱子里，同样没有用过。"这些杯子和碟子都是为访客准备的。"她总是这样说，但不论什么客人来，都不值得她用这套瓷器招待。有一次她甚至还侮辱了一个放肆的邻居，就因为这个邻居想借这套瓷器用于祭祖宴会。"我们今天用这套瓷器喝茶，"马赛琳娜祖母告诉黑巧克力，"要加很多很多炼乳。"

　　他们手忙脚乱地准备着，在普里默斯炉子上烧好开水，泡好茶。他们就像小孩子玩过家家一样。

　　然后，他们坐在屋外的长凳上，看着一只母鸡为了它那一窝小鸡而在地上四处觅食。马赛琳娜祖母朝它们扔了把碎玉米，很快又来了另一只母鸡和公鸡，它们都飞快地啄着玉米。

这些都是马赛琳娜祖母的朋友，它们在屋里和她一起睡觉。她说它们就像人一样，两只母鸡会为了公鸡打架，然后带着小鸡的那只母鸡赢了，所以现在和公鸡在一起的总是它。即使在门后睡觉，它们俩也总是睡在一起。输了的那只母鸡则到处在找小鸡，小鸡不是它的它也不在乎。

破晓时分，公鸡会报晓，叫醒马赛琳娜祖母。它会不停地鸣叫，直到村里有其他公鸡回应。这是马赛琳娜祖母家公鸡的荣誉，它每天负责叫醒整个哈沙曼。

黑巧克力和马赛琳娜祖母安静地坐了一会儿，品尝着甜甜的热茶，用力咀嚼着饼干。一群鸽子从空中飞下来，加入了母鸡吃食的队伍。

马赛琳娜祖母喊道："把它们赶走，它们会抢光母鸡的食物的！"

黑巧克力问："一个人能对一群鸽子做什么呢？再说了，你已经给这些母鸡喂了太多食物。"

"你说得对，就让它们这样吧。这些是上帝的鸽子，就让它们和我的母鸡一起吃吧。"

"祖母，您说得对，鸽子就是天使。"